もぐら新章

青　嵐

矢 月 秀 作

中央公論新社

目次

もぐら新章　青嵐

序章

那覇市前島の外れにあるスナックには、城間尚亮《しろまなおあき》とその仲間がたむろしていた。

ここは新型コロナウイルスの影響で、半年前閉店した店だ。

オーナーは夜逃げ同然で経営を放棄し、そこに目を付けた城間が二束三文で買い叩いた箱だった。

城間は店を開く気はさらさらなく、仲間のたまり場として使っているだけだ。

店内には空の酒瓶が転がっていて饐《す》えた臭いが充満しているが、城間たちはまったく気にかけていない。

夜な夜な集《つど》っては、怠惰《たいだ》な享楽《きょうらく》に耽《ふけ》っていた。

しかし、今宵は気だるい空気が一変し、店内全体が殺気に満ちていた。

テーブルや椅子は壁際に追いやられていた。真ん中に一つだけ、カウンター用の足の長い椅子が置かれ、そこに手足を縛られた男が座らされている。

城間たち四人は、その男を囲んでいた。

ぐったりとうなだれた男の顔は紫色に腫《は》れ上がり、開いた口からは涎《よだれ》と共にねっとりとした血が垂れ落ちていた。

男の足下には血だまりができている。

「なあ、重成《しげなり》。そろそろ、首を縦に振ってくんねえかな？　殺しは嫌なんだよ」

正面にいる城間は男を見下ろした。

男は痛みに耐えながら顔を上げた。

「ふざけんな……」

声を絞り出し、城間を睨《にら》み上げる。

城間はため息をついた。

「粘るなよ。こっちには渡久地《とくち》が付いてると何度も言ってんだろ」

言うと、男は血痰《けったん》を吐き出した。

「まだ、渡久地の名前で脅そうとしてんのか？　笑わせるな。巌《いわお》は刑務所。泰《やすし》は更生施設。剛《つよし》に至っては、安達《あだち》にやられて廃人状態だっていうじゃねえか。それなのに、巌は何もしなかったたって言うしよ。渡久地ブランドはもう地に堕《お》ちたんだ」

膨らんだ唇を上げ、片笑みを覗《のぞ》かせる。

「渡久地をナメてると、痛い目に遭うぞ」

城間が見下ろす。

「島にいねえヤツに何ができるってんだ？」

男はバカにするような視線を向けた。

城間の両眼がスッと細くなる。

周りにいた城間の仲間は、城間の目つきが変わるのを見て、一様に顔を強ばらせた。

「すごい人ってのはな。離れていても、マブイ（魂）は通じるものなんだ。教えてやるさー」

城間は拳を握った。いきなり、右拳で男の左頬を殴りつける。

血がしぶいた。男の上体が右に傾く。そのまま落ちそうになったところに、城間は左フックを打ち込んだ。

男の上体が跳ね上がり、今度は左側に傾いていく。そこにまた、右フックを叩き込む。

また男の上体が右に振れる。

城間は、男の上体が椅子から落ちないよう、タイミングよく正確に左右のフックを淡々と打ち込んだ。

「出た……。城間さんのメトロノーム」

男の後ろに立っていた仲松《なかまつ》がつぶやく。

左右にいた桑江《くわえ》と村吉《むらよし》が仲松の両脇に歩み寄った。

「仲松さん、ヤバいですよ。重成が壊されちまう」

村吉が小声で言う。

「止めてくださいよ」

桑江が言った。

仲松は首を傾け、桑江を睨んだ。

「どうやって止めろってんだ。城間さんのメトロノームを止めたら、こっちが殺されちまう」

そう言われ、桑江も村吉も押し黙った。

城間は昔、渡久地巌に憧れ、ボクシングを始めた。

背格好は巌と正反対でずんぐりとして、手足も短い。ただ、横幅があって胸板は厚く、腕や太腿は太くてパワーはある。

プロになったが、体重のわりに手足が短いせいで、同階級の上背《うわぜい》のある者にはなかなか勝てず、四回戦ボーイで引退した。

戦歴こそ冴えないが、城間のボクシングは人気があった。

城間がデンプシーロールを得意としていたからだ。

ボクシングファンにはおなじみの、懐《ふところ》に潜り込んで、上体を振り子のように振り、左右のフックを連続して浴びせる技である。

自分より上背があって大柄の相手と戦う時、前傾姿勢で相手の懐に入り込み、豪快に左右のフックを打ち込む。

グロッキー気味の相手であれば、おもしろいようにフックの連打が当たり、見目鮮やかなノックアウトが決まる。

最後のラッシュで使うには有効な打撃だ。

が、大きな弱点がある。

上半身を大きく揺らして、リズミカルに左右を打ち込むため、タイミングを取りやすく、相手に余力があれば、カウンターをもらうことも多い。

しかも、踏み込んで、全体重を乗せて打ち込んでいるだけに、カウンターを決められれば一発ＫＯでリングに沈むことになる。

城間はデンプシーロールはできるものの、その他の技術が他の選手より劣っていたため、インファイトに持ち込んでデンプシーロールを打とうとした途端、カウンターを食らい、ＫＯされることも多かった。

ただ、決まった時は、打たれる相手の体がメトロノームの振り子のように規則正しく左右に揺れるので、いつしか、城間のデンプシーロールは、ファンや仲間内から〝メトロノーム〟と呼ばれるようになっていた。

ランクはなかなか上がらないものの、個性が際立っていたため、マッチングには苦労しなかった。

だが、三年前、デンプシーロールで攻め込んでいた時、強烈なカウンターで顎《あご》を打ち抜かれ、前のめりに倒れた。

顎は砕け、脳へのダメージで視覚や聴覚に障害も出て、それを最後に引退した。

顎は人工骨で補正した。視聴覚の障害はいまだに残っているものの、日常生活を送る分に問題はない。

ただ、ボクシングを生きがいにしてきた城間は、引退後に荒れまくり、腹いせに繁華街をうろついているチンピラを殴っているうちに仲間が集まり、いつしか、小さな不良集団の頭を張るようになっていた。

その耳に、巌が東京でヤクザになったという話が飛び込んできた。

城間は再び、巌と同じ道を歩もうと決めた。

巌の下に駆けつけて直訴《じきそ》したかったが、あまりに恐れ多くて、それは断念した。

そこで、巌の親友の上村徳一《うえむらとくいち》の右腕で、巌とも面識のある伊佐勇勝《いさゆうしょう》に会い、思いを話してみた。

伊佐は、必ず巌に取り次いでくれると約束してくれたが、実績もない者をすぐ会わせるわけにはいかないと言い、自分の仕事を手伝いながら実績を積むことを提案してくれた。

城間は少しでも巌の役に立てるよう、積極的に仕事に臨んだ。

借金やツケの取り立て、伊佐が管理している店の用心棒、敵対する組や半グレグループとの折衝など――。

伊佐が関わる仕事を手伝い、ノウハウを吸収しつつ、裏社会で顔を売っていった。

その働きぶりが認められ、伊佐から、座間味《ざまみ》組の準構成員にならないかと誘われた。

申し出はありがたかった。しかし、自分はあくまでも巌の下で働きたい。

伊佐は、準構成員はお試し期間で、嫌ならいつでも抜けていいと言ったが、一度親を決めたら何があろうと変えられないという暴力団の掟《おきて》は身に染みて知っていた。

ところが、返事を保留し、逡巡《しゅんじゅん》しているうちに、伊佐は逮捕されていなくなり、気がつけば、座間味組は組ごと消失した。

加えて、巌も逮捕され、ヤクザから足を洗ったという。

またしても、歩みが頓挫《とんざ》した城間が将来を思い悩んでいた時、伊佐が短い刑期を終え、沖縄へ戻ってきた。

伊佐は、城間にこう言った。

「巌さんが戻ってくるまで、俺たちで渡久地の名を守っていこう」

伊佐が、巌に心酔している自分を使うための方便だとはわかっていた。

しかし、城間の胸に響いた。

重成が言うように、今や、渡久地ブランドは地に堕ちた。最近、松山や久茂地《くもじ》を闊歩《かっぽ》している若い連中の中には、巌を知らない者までいる。

知っている者たちも、巌や剛がいないのをいいことに、言いたい放題罵倒《ばとう》していた。

剛はかまわない。矜持《きょうじ》の欠けらもないゲスな男だということは知っている。

けれど、巌の名を汚されることだけは許せない。

渡久地ブランドは、巌の存在そのものだ。

伊佐は、渡久地をナメる連中を徹底して排除し、巌が帰ってきた時、松山を仕切れるくらいの資金力と暴力を手にしようと、城間を煽《あお》った。

渡久地の名前を守り続けていたと知れば、巌に認められる。今度こそ、巌と共に熱い人生を生きられる。

城間は熱く滾《たぎ》る思いを止められず、伊佐の申し出に乗った。

そして、伊佐の下、裏風俗や裏カジノを経営している者を一人一人さらい、事業を丸ごと渡すか、共同経営者として利益の半分を上納するかと迫った。

しかし、そこでも問題が起こった。

伊佐は元座間味組の人間だが、今や組は跡形もなくなり、残党は別の組の者に狩られる始末。伊佐も沖縄に長居すると危ないため、ちょこちょこと島を出ていた。

その間、先頭に立って動いているのが城間だ。

城間は、経営者を落とす切り札として、渡久地の名を口にした。

が、巌の名前を出しても怯《おび》えない者が多いことに愕然《がくぜん》とした。

放心と偏《かたよ》った渡久地愛はやがて激しい怒りに変わり、城間の行動は狂気を帯び始めていた。

重成史人《ふみと》は、生まれこそ沖縄だったが、思春期は内地で過ごし、出戻ってきた男だ。東京のセクシーキャバクラ店で働いていた経験を活かし、沖縄に戻ってきて、松山の一角にある古いビルごと借り入れ、裏風俗を営んで利益を上げている。

伊佐は、重成の築き上げた風俗ビルの利権に目を付け、城間に重成を落とすよう、島外から命じた。

城間はさっそく重成を拉致《らち》し、たまり場に監禁して、利権を渡すか、共同経営者として利益を折半《せっぱん》するかの二択を迫った。

重成は痩せ気味でひょろりとしていた。眉は細く、唇も薄く、線の細い男だ。

簡単に落とせると思った。

が、さらってきて半日、寝ずに暴行を加えても、重成は二択のどちらをも拒否した。

ほとんどの者は、プロボクサーだった城間の拳を受けた途端、格の違う暴力性に怯《ひる》み、利益を折半する方を選んだ。利権を投げ出すよりは、少しでも自分にも利がある方を選択したというわけだ。

利権のすべてを渡す少数派は、そもそも長く商売を続けるつもりがなかった者や、手入れが入りそうで逃亡しようとしている者のように、それなりの事情を抱えた人物ばかりだった。

しかし、重成は城間の暴行を受けてもなお、拒み続けた。

城間たちの目的は、重成を殺すことではない。利権を奪うことだ。殺してしまっては、面倒が増えるばかりで金にならない。

重成にはそこを見透かされていた。

城間は仲間と共に、時折休憩を挟みつつ、暴行を続けたが、重成が首を縦に振ることはなかった。

城間は伝家の宝刀、渡久地の名前を出したが、重成は一向に怯えなかった。

苛立《いらだ》ちが募っていた。

そこに投げつけられた渡久地ブランドへの愚弄《ぐろう》。何より、巌を侮辱されたことで、ふつふつと滾っていた怒りを抑えられなくなった。

城間が重成に拳をくれるたび、頰骨を打つ音、肉を叩く音、声にならない呻《うめ》きが店内に響く。

骨が砕けたような音も聞こえたが、城間は一向に殴打をやめない。

重成が座らされている椅子の周りは、飛び散った血糊《ちのり》で真っ赤に染まっていた。

重成は叫ばなかった。いや、叫べない。

最初の一発で気を失っているようだった。

城間はサンドバッグを打つように、重成を殴り続ける。

「仲松さん！　ヤバいですって！」

村吉が小声で言った。

「じゃあ、てめえらで止めてこい！」

仲松が村吉と桑江を睨む。

三人は何もできず、おたおたしていた。

と、城間は大きく右腕を引いた。深く腰を落とす。先ほどまでとは違う動作だ。

重成を見ると、上体が若干前に傾いていた。

城間は重成を見据え、腰をひねって、膝を伸ばすと同時に右拳を突き上げた。

拳は重成の顎にめり込んだ。瞬間、重成の顔が半分ほどにひしゃげ、口から血幕が噴き出した。

城間はそのまま伸び上がった。

重成の体が浮いた。尻が椅子から離れ、宙を舞う。拳から離れた重成の体は弧《こ》を描いて、カウンターの奥にまで飛んだ。

壁にぶつかって、けたたましい音を立てて棚板を破壊し、そのまま厨房《ちゅうぼう》に落ちる。

重成の座っていた椅子が倒れる音を最後に、店内はしんと静まり返った。

仲松たちは蒼《あお》くなった。

桑江があわててカウンターの奥へ駆け込む。桑江の姿が一瞬消えた。

そして、ゆっくりと立ち上がった桑江は、泣きそうな目で顔を横に振った。

「城間さん……。死んじまいましたよ」

そういう仲松の声が震える。

「おまえら」

城間が声を発する。

三人は直立した。

「ナンバー2をさらって来い。このクソの死骸《しがい》を見せつけりゃ、俺たちの言うことを聞くだろう」

「いや、でも……」

村吉は狼狽《ろうばい》して、城間とカウンターの奥を交互に見やった。

が、城間は動じない。

「さっさと連れてこい！」

強い口調で命じた。

三人は逃げるように店を飛び出した。

城間は三人を一瞥《いちべつ》し、壁に寄せたソファーに腰を下ろした。かりゆしウェアで血にまみれた拳を拭い、ポケットからスマートフォンを取り出した。

伊佐の番号を表示して、タップし、耳に当てる。

三コールで伊佐が出た。

「もしもし、城間です。重成がなかなか首を縦に振らないんで、やっちまいました。すみません。今、ナンバー2をさらいに行かせてます。そいつは落とすんで、安心してください。重成ですか？　こっちで処理しときますから、安心してください。それより、伊佐さん――」

城間は上体を前に傾け、片ひじを太腿に載せた。

「ここいらで渡久地ブランドを立て直さねえと、とてもじゃないが、巌さんを迎えられないですよ。もし、巌さんがいいってんなら、俺が渡久地の名代《みょうだい》として、那覇の同業者を全力で潰しますが。訊いといてもらえませんか、巌さんに。暴れていいかって。俺はいつでもいけますんで」

そう言い、顔を上げた城間の両眼は、猛獣のようにぎらついていた。

第一章

1

コロナウイルスの災禍に見舞われた二〇二〇年もあと二十日余りで終わろうとしている。

安達竜星《りゅうせい》は、翌年一月半ばに行なわれる大学入学共通テストに向け、自宅で勉強していた。

高校はコロナの影響で、十二月に入ってすぐ、オンライン授業に切り替わっていた。そのまま冬休みに入る予定だ。

まあ、受験生にとっては、もうこの時期は自分のウィークポイントをチェックして追い込むだけなので、登校しなくていいのはむしろありがたい。

今年度の新入大学生は、結局、一度もキャンパスに行くことなく、一年を終えるそうだ。

来年もどうなるかわからないが、竜星は自分の未来のために淡々と自己学習を進めていた。

竜星の部屋には、安里真昌《あさとしんしょう》もいた。

竜星のベッドに寝転がり、テキストを握りしめ、難しい顔で唸っている。

「うーん……。竜星、ちょっといいか？」

「何？」

竜星が振り向く。

真昌はむっくりと起きだして、竜星の脇に寄った。

「これ、なんて読むんだ？」

真昌が指さす。

「これは暫定。ザンテイな」

「こっちは？」

「隔《へだ》てる。へだが漢字で、てるが送り」

竜星は面倒がらずに答えた。

「すらすらと答えられるとは。やっぱ、おまえ、すげーな」

「習ってるはずだぞ、おまえも」

「悪いが、そんな記憶はない！」

恥ずかしげもなく、真顔で答える。

竜星は苦笑した。

「どうやったら、覚えられるんだよ」

「漢字の読み書きは、書きまくって覚えるのが一番だな。覚えるのもそうだけど、手書きに慣れてないと、試験の時に汚い字になって、せっかく正解してるのに、バツをもらうこともあるからな。書き慣れる意味でも、書きまくった方がいいよ」

「あんまさいー」

面倒くさいとつぶやき、ため息をつく。が、気合いを入れ直すように強く息を吐いた。

「よっしゃ！　いっちょ、やったるか！」

自分に言い聞かせるように声を張ると、ベッド脇にあるサイドテーブルにノートとテキストを広げ、猛然と鉛筆を走らせ始めた。

竜星は微笑《ほほえ》み、自分の勉強に戻った。

警察官になりたいという真昌の思いは本物だった。

さっそく、その勢いのまま、沖縄県警の採用試験に挑むつもりだったが、決意した頃にはもう、申込期限を過ぎていた。

意気消沈していた真昌の下に、楢山《ならやま》を通じて、益尾《ますお》からの提案が伝えられた。

警視庁の警察官3類試験ならまだ間に合うから受けてみてはどうか、というものだった。

いきなり警視庁と聞いて、当初は臆《おく》していたが、何よりも、自分に警察官という希望を与えてくれた益尾からの提案。ギリギリまで悩み、受けてみることにした。

その日から、学校には行かず、公務員試験の問題集をリュック一つ分買い込んで安達家に入り浸り、唸りながら勉強を続けていた。

真昌が、勉強が苦手なことは、はた目から見ても明らかだ。しかし、頭髪を掻きむしりながらもあきらめない真昌の姿勢は、竜星にも励みになっていた。

ドアがノックされた。竜星が返事をすると、同居している古谷節子《ふるやせつこ》がさんぴん茶とサーターアンダギーを持って、入ってきた。

「勉強は進んでる？」

「まあ、ぼちぼち」

竜星は答え、肩越しに真昌を見やる。

節子は机にかじりつく勢いでノートに漢字を書いている真昌を見て、目を細めた。

竜星の机に、お茶の入ったコップ二つとサーターアンダギーを盛った盆を置いた。

「真昌、少し休憩しなさいな」

「にふぇーでーびる、おばー。けど、今やらないと、続かない気がするから、あとでもらうさ」

「そう。がんばってね」

節子は優しく見つめ、うなずいた。

「楢さんは？」

竜星が訊く。

「早くに出かけたっきり。今日はお昼はいいみたいね」

「金武《きん》さんのところかな」

「そうだと思うぞ」

真昌が答えた。

「今日あたり、西崎《にしざき》に建築事務所の人が来るって言ってたから」

金武は糸満《いとまん》市の西崎地区で、琉球空手の道場を開いていた。しかし、事件に巻き込まれ、道場ごと爆破されてしまった。

今後、どうしようかと思案していた時、コロナウイルスが蔓延《まんえん》し始めたために、稽古自体ができなくなった。

金武はこの機会にクラウドファンディングで資金を集め、道場を建て直すことにした。

今日はようやく資金のめどが立ち、建築士に新しい道場の設計を依頼する日だった。

楢山は金武道場の顧問のような立場。元警察官という肩書もあり、立ち会いにはうってつけだった。

「道場はいつ頃できるのかしら」

節子が言う。

「わかんないです。金武先生はすぐにでも始めたいみたいだけど、稽古も濃厚接触になるじゃないですか。それで、大人数の稽古もできないし、新しい生徒も募集できないみたいで」

竜星が言う。

「大学も再開できないくらいだもんな。半年とか一年先になるんだろうな」

「まあでも、師範たちは空き地で上半身裸で稽古してるけどな」

「怪しさ満点だな」

竜星が笑う。節子と真昌も笑った。

「俺も、3類の審査で体力検査があるから、体を動かしておきたいんだけどなあ」

「そっちは大丈夫だろう。今は、漢字と作文だ」

「だからよー」

方言で〝そうだよな〟と言いながら大きなため息をつくと、再び気合いを入れ直し、書き取りを始めた。

節子は微笑みを向けた後、竜星に言った。

「紗由美《さゆみ》ちゃん、今日も遅くなるそうよ」

「忙しいんだな、おばちゃん」

真昌がノートに目を向けたまま言う。

「人材派遣の話?」

竜星が訊いた。

「詳しいことはわからないんだけどね」

節子が言う。

紗由美は変わらず、人材派遣部門の新設スタッフとして、立ち上げ準備に追われていた。

コロナの影響で観光客が激減し、今、ホテルの従業員はあぶれている状況だった。

国や県の支援でなんとか生き延びていたホテルも、ぽつりぽつりと廃業し始めた。

新設中のホテルの中には、トイレや壁材など、必要な資材が届かず、建設を中断しているところもある。

周辺産業の土産物店や菓子や原料の製造会社も瀕死の状態。県の有効求人倍率も一倍を割っている。

にもかかわらず、人材派遣会社の需要は高い。特に、マッチングアプリシステムによる短期、超短期の人材需給は活況を呈《てい》している。コンビニや農業などで、必要な時に必要な人数だけを集められる点が支持されている。

紗由美が関わっている人材派遣部門も、当初は対面での人材確保を目指していたが、世の中がリモートワークに傾いていく中、システムの開発と人材の受け入れ先の開拓にシフトし、尽力することとなった。

経営計画が柔軟であることは悪くないが、大きく方針を変更されると、一から築き直さなければならなくなり、手間が増える。

紗由美は今、そうした状況下に置かれていた。

「まあでも、仕事が忙しいというのはいいことね」

「そうですかあ？　あんま忙しいと、自分の時間がなくなるじゃないですか。それは嫌だなあ」

真昌が言う。

と、節子は目尻に深い皺《しわ》を刻み、微笑んだ。

「若い頃は、仕事だけじゃなくて、遊びたいものね。若い人たちが、仕事よりプライベートを大切にしたいという気持ちはわかる。けどね。歳を重ねるほどに、仕事があるということにとてもありがたみを覚えるようになるのよ」

「俺はならないと思うなあ」

「なるわよ。仕事があるというのは、イコール、誰かに、社会に必要とされているということだから。人はね。若い頃は自分のために生きられるけど、歳を取るほどに自分のためだけには生きられなくなるの。だから、求められている時に精一杯、その気持ちに応じて、自分の居場所を作る。それが大事なのよ」

節子が深みのある柔らかな声で話す。

「そんなもんなんですかね？」

真昌がきょとんとする。

節子は笑って、

「まだ、わからなくていいわよ。今晩はチャンプルー作るからね」

「そいつは、いただきます」

真昌は頭を下げた。

節子は竜星と目を合わせて微笑み、部屋を出た。

自分の居場所、か……。

竜星は節子の話を嚙み締めつつ、勉強に戻った。

2

渡久地泰は二週間前、少年院を出て、更生保護施設に移っていた。

沖縄にも施設はあるが、泰は自分から申し出て、福岡の施設を紹介してもらった。

更生保護施設は、少年院や刑務所を出た者が、社会復帰の準備をする場所だ。

身寄りのない者や保護者がいない者、身内はいても身元の引き受けを拒否された者、地元に戻ると再び犯罪を犯す恐れのある者などが集団で暮らしながら、自立できるよう、日々訓練している。

年齢は上は七十代から下は十代までと幅広い。少年少女専門の施設もあるが、圧倒的に数が少ない。

また、施設自体、資金は国から出る支援金が主な収入源で、他に収入を得る術《すべ》はないため、わずかな資金で職員の給与を払い、建物を維持しているのが現状でもある。

とはいえ、真面目に社会復帰しようとする者には、刑務所や少年院を出ていきなり社会へ放り出されるより、ワンクッション置ける場所があるのはありがたいことだ。

泰は廊下で、スラックスにセーター姿の眼鏡をかけた壮年男性に声をかけた。

「飯嶋《いいじま》先生」

飯嶋が立ち止まり、振り向く。

「渡久地くん、先生はそろそろやめてくれよ」

飯嶋は笑った。

飯嶋紀彦《のりひこ》は泰が入っている施設の施設長を務めている。

今年、還暦を迎える飯嶋は柔和な笑顔と白髪交じりの頭髪がとても優しげな大人だ。言葉つきも柔らかい。

反社会的な者との接点はなさそうに見えるが、実は、若かりし頃、薬物の密売組織を仕切っていて、自身も薬物中毒に陥った過去を持つ。

人は見かけによらないというのは、飯嶋のためにあるような言葉だ。同室の入所者に話を聞かされた今も、まだ信じられない。

「どうした？」

包み込むような笑顔を向けてくる。

「コンビニに行ってきていいですか？」

泰が訊いた。

更生保護施設は、基本的に出入り自由だ。近所のコンビニエンスストアやスーパーへ買い物に行くこともできるし、余裕があれば外食してもいい。

施設の目的は、管理することではなく、あくまでも社会復帰への手助けだからだ。

制限が厳しい施設もあるが、泰が入所した施設は、飯嶋の方針もあり、ほぼ日常と変わらない自由が許されていた。

「渡久地くん、いちいち私に断わらなくていいんだぞ。私らが確認するのは、使った金額と使途だけだから」

「わかってるんですけど、なんか、一応断わっておかないと気持ち悪くて」

「君は真面目だな。でも、報告するのはいいことだ。行ってきなさい」

「はい」

泰は頭を下げ、施設を出た。

コンビニは歩いて五分の場所にある。施設は住宅街から少し離れたところにあって、コンビニまでは舗装された山道を下っていく。

車通りもなく、ひと気もない。寂しい山道だが、今の泰には心地よい。

沖縄も自然の多いゆったりとした土地だが、泰自身、のんびりと過ごした記憶がない。家の中はいつもどこかピリピリとしていて落ち着かず、出歩くのも夜の繁華街ばかり。人の毒気が満ちている場所にしかいたことがない気がする。

ゆっくりと山道を歩いていると、こんなにも落ち着いた世界があったのかと改めて気づかされる。

施設内の人間関係には多少の煩わしさはあるものの、それでも自分が生きてきた環境に比べれば、施設や周辺の空気は段違いに穏やかで優しい。

こんな時間を過ごすのは、初めてかもしれない。

恫喝《どうかつ》に支配された緊張から解き放たれているだけでも、心底、ホッとする。

もう、あの世界には戻りたくない。

ここで心身を落ち着けて、飯嶋の指導の下、職業訓練をして就職先を見つけ、普通の暮らしをしてみたい。

泰は心底、そう願っていた。

木々に囲まれた山道が開ける。コンビニが見えてきた。いつ来ても空いている駐車場に、めずらしく大型のバイクが停まっている。

近づいていくと、中から同い年くらいの若者が二人、出てきた。

泰の顔が曇った。対照的に、若者二人はにやりとして泰を見据えた。

「おー、渡久地くんやないか」

丸坊主の男が名前を呼び、二人して駆け寄ってくる。

泰は立ち止まった。

二人は泰を左右から挟むように立った。丸坊主の男が泰の肩に手を回す。

「偶然とは恐ろしいねえ」

にやにやしながら、泰の肩を強く握り、木陰に連れ込んだ。

ふざけんな、待ち伏せていたくせにと、泰は胸の内で吐き捨てた。

丸坊主の男は木内《きうち》、もう一人の細面《ほそおもて》の男は湯沢《ゆざわ》という名前だ。

二人は、入所したての泰に、歳が近いことを売りにして親しげに近づいてきた。

知らない土地、初めての場所で声をかけてくれると、ふっと気を許してしまう。

しかし、それが木内と湯沢のやり口だった。

彼らはすぐに本性を現わした。

三日目、一緒にコンビニへ出かけた時のこと。木内は湯沢と結託し、缶ビール二本を万引きした。

泰も現場にいた。帰り道の途中、二人は盗んだビールを泰に無理やり飲ませようとした。泰は拒否した。

すると、湯沢が後ろから泰を羽交い絞めにし、木内が腹部に三発のパンチを浴びせた。

そして、黙ってろ、と脅した。

正直、木内のパンチはたいしたことはなかった。竜星の一撃に比べれば、蚊に刺されたようなものだ。

けれど、逆らえば面倒が起こる。まっとうな道を歩もうと心に決めた泰にとって、つまらない連中と関わって、自分の思いを潰されるほうが我慢ならない。

泰は万引きの件は黙ることにし、二人とは距離を置いた。

だが、その決断がまずかった。

木内と湯沢は図に乗り、金はたかるわ、機嫌が悪い時はサンドバッグ扱いするわと、泰に対してぞんざいな扱いを始めた。

腹立たしいが、逆らって面倒なことになるより、早く一人前になって施設を出ればいいだけと思い、耐え忍んでいた。

「なあ、渡久地くーん。俺ら、喉渇いたんだけど、金がなくってさあ」

木内が顔を近づけてきた。

泰はあからさまに顔を避けた。

「ちょっと貸してくんない？　でないと、パクるしかなくなるんだよ」

木内が腕を離すと、今度は反対側から湯沢が肩に腕を回し、引き寄せた。

「まさか、貸さないってことはねえよな？」

間近で睨む。

「いい加減にしてくれよ。俺も小遣いなくなってきてるしさ」

「じゃあ、パクるしかねえか。バレたら、俺ら、おまえに指示されたと言い張るからな」

湯沢が肩を握る手に力を入れ、さらに顔を寄せた。

「ついでに、ないことないことを触れ回ってやる。怖えぞ、噂ってのは。一度出回ると、まったくの嘘でも本当のことになっちまう。おまえ、生きていけねえぞ」

湯沢が笑う。横で木内も笑った。

「噂より、もっと怖えもんがあるの、知ってるか？」

いきなり、幹の陰から声をかけられた。

湯沢と木内がびくっと身を竦《すく》ませる。泰も声のした方に目を向けた。

ライダースに身を包んだ背の高い男が姿を見せた。

「何やってんだ、泰」

サングラスを外す。

「伊佐さん！」

泰は目を丸くした。

伊佐は左頬の傷跡を歪《ゆが》め、片笑みを覗かせた。

「なんで、ここに？」

「おまえに会いに来たんだよ。元気でやってんのかなと思ってな。このクソガキども、なんだ？」

木内と湯沢を睨む。

二人は怯みつつも、睨み返した。

「てめえ、渡久地の仲間か？」

木内が低い声で威圧する。

「仲間じゃねえ。部下だ」

言うなり、木内の頭をつかみ、引き寄せた。鼻頭に頭突きをくらわす。

木内は顔をしかめた。ひしゃげた鼻から鮮血が噴き出る。

伊佐は二度、三度と頭突きをかました。木内は呻きと血を吐くだけで、何もできない。

湯沢はそろっと泰の肩から手を離し、静かに後退《あとずさ》ろうとした。

「こら」

伊佐が声をかけた。

びくりとして、湯沢の動きが止まる。

伊佐はゆっくりと湯沢に顔を向けた。鼻から噴き出した木内の血が、伊佐の額から顎先へと流れ落ちている。木内はぐったりとしていた。

「二度と渡久地をナメるな。今度、泰に手を出してる姿を見かけたら、おまえらが死にたくなるほど追い込んでやるからな。わかったか」

伊佐に睨まれ、湯沢は何度も首を縦に振った。

木内を湯沢の方へ突き飛ばす。湯沢はよろける木内を受け止めた。

「施設のもんにチクるんじゃねえぞ。行け」

「すみませんでした」

湯沢は頭を下げ、木内を抱えて逃げていった。

「伊佐さん」

泰はポケットに入れていたハンドタオルを出した。

「女みてえなもの持ってんだな」

伊佐は受け取り、顔に付いた血を拭った。

「どうしたんだよ、泰。ふぬけた顔しやがって」

ハンドタオルを放り捨て、サングラスをかける。

「何やってんだ、こんなところで」

「更生保護プログラムを受けてるんです。それ受けないと、放免にはなりませんから」

「わかってる、そんなことぐらい。なぜ、島じゃねえんだ？」

伊佐が訊く。

泰は視線を逸らした。自分をよく知る伊佐には、なぜか思いを語りたくなかった。

伊佐はサングラスの下から、泰を見据えた。

「剛に会ってきた」

唐突に言う。

泰は顔を上げた。

「ひでえもんだった。ベッドに縛り付けられて、涎垂らして、ずっと唸ってんだ。やめてください、やめてくださいってな。竜星にやられた時のことでうなされてるんだ、ずっとな」

伊佐は静かに話した。

そのトーンが、泰の胸の奥に突き刺さる。

元はといえば、自分が竜星に執着したせいだ。離れてみると、なぜあそこまで竜星に苛立ったのか、自分でも不思議だが、ともかく、巌の言いつけまで破って襲おうとして、剛を巻き込んだことが主因ではあった。

「おまえ、まだ剛の見舞いに行ってねえんだろ？」

「出たばっかなんで……」

「どうすんだ？」

「えっ？」

伊佐を見やった。

「このままでいいのか？」

「見舞いに行けということですか？」

「違う。竜星にやられっぱなしでいいのかと訊いてんだ」

声に怒気《どき》が滲む。

泰は返事を詰まらせた。

悔しさは残っている。しかし、以前のような苛立ちはない。それに、どう頭の中でシミュレートしても自分が勝っている画《え》がまるっきり浮かばない。

できれば、関わりたくない……。

「巌さんが竜星に手を出すなと言っていたことは聞いてる。それでも、剛が廃人にされて、渡久地は黙ってるのか？」

「渡久地といえば、巌に一に一で……」

「あの人は刑務所だろうが！」

伊佐は語気を強めた。

泰がびくっとする。

「巌さんもいねえ。剛も病院から出て来れねえ。今、渡久地といやあ、おまえだけじゃねえのか！」

伊佐の言葉に熱がこもる。

しかし、泰はうつむいて押し黙った。

伊佐は大きく息をついた。

「まあ、おまえも務めてきて、いろいろ思うところはあったんだろう。無理は言わねえよ。ただ――」

伊佐が泰の顔を覗き込んだ。サングラスを下げ、両眼を出す。

「俺は剛の落とし前だけは取ってやる。でねえと、あいつがかわいそすぎる。その気になったら、連絡してこい」

伊佐は用意していたメモをズボンのポケットから出し、泰に握らせた。

サングラスを上げ、コンビニの駐車場に戻って、大型バイクにまたがる。伊佐は泰の方を見ることなく、走り去った。

泰は伊佐のバイクのテールランプを見送り、手に持ったメモを見た。

そこには、伊佐の携帯番号と剛が入院している病院の住所が書かれていた。

泰は手元を見つめ、メモを握り、震えた。

3

檜山誠吾《せいご》は、道場新築の打ち合わせを終えて、金武や島袋《しまぶくろ》たちと沖縄県警本部に来ていた。

武道場を借りて稽古をするためだ。

今、金武道場は開店休業状態だが、師範代は腕を鈍《なま》らせるわけにも行かず、暇を見ては稽古を続けている。

普段は、道場跡地で青空稽古をしたり、地域の公民館を借りて稽古をしたりしている。が、公民館で近隣住民の寄り合いがあったり、雨天だったりする時は、檜山の顔で県警の道場を使わせてもらうこともあった。

県警の道場を使用する時は、警察官たちも共に稽古していた。

琉球空手の猛者《もさ》から受ける手ほどきは、犯人検挙の時に役立つ。師範代の者たちにしても、組み慣れた仲間たちとの稽古では得られない実戦感覚を試す機会になっている。双方にメリットがあった。

ただ、稽古の様子はいつもと違う。

通常なら、大きな気合いと骨肉を打つ激しい音が道場に響く。

だが、今は、ミットを打つ音や道着がすれる音、畳を擦る足さばきの音ぐらいしか聞こえない。

稽古している誰もがマスクをし、気合いは発さず、黙々と突きや蹴りを繰り出している。中には、離れたまま向き合い、接することなくエア組手をしている者もいた。

これも、いまだ感染が収まらないコロナへの対策だ。なんとも異様な稽古風景だが、稽古している本人たちは意外と満足していた。

マスクをしたまま動くことは、低酸素状態で動くことにもなり、心肺機能が鍛えられた。また、警察官たちは街中ではマスクを着けたまま仕事をするので、いいシミュレーションにもなっていた。

楢山も時折、型の稽古をしつつ、無理のない程度に汗をかいていた。

ひと汗かいて道場を出て、杖《つえ》を片手に洗面所へ向かう。

「楢さん」

声をかけられた。

振り向く。中背だががっしりとした体格をしている目力の強い男が笑顔を向けていた。

刑事部組織犯罪対策課の比嘉知賢《ひがちけん》だった。

「おー、最近、稽古に来ないじゃないか」

「忙しくて」

「身体、鈍っちまうぞ」

「そうなんですけどね。ちょっと話できませんか?」

「かまわんよ。顔洗ってくるから」

「じゃあ、うちの部屋で待ってます」

比嘉は言い、組対課の部屋へ戻っていった。

楢山は洗面所でシャツを脱いだ。六十を超えてもなお、筋張った筋肉が鎧《よろい》のように身を包む。胸元や背中には、歴戦の傷跡が生々しく残っている。

杖を立てかけて片足立ちのまま顔を洗い、首にかけていたタオルで顔と上半身を拭い、そのまま道場に戻った。

自分のスポーツバッグから着替えのシャツを出して、頭から被る。

「金武。ちょっと比嘉と話があるから、稽古終わったら先に帰っておいてくれ」

「わかりました」

金武は返事をし、稽古に戻った。

同じフロアにある刑事部の部屋へ向かう。楢山もかつてはここで働いていた。勝手知ったるフロアではある。

すれ違う職員たちが親しげに楢山に挨拶をする。楢山は気さくに返しながら、刑事部屋に入った。

刑事部の部屋には、捜査第一課から三課まで、それと組織犯罪対策課が入っている。

楢山は他の課の刑事たちに手を上げて挨拶をし、一番奥の組織犯罪対策課のエリアに歩を進めた。

比嘉は窓際の席にいた。楢山を認め、少し腰を浮かせて右手を上げる。楢山も返し、比嘉のデスクまで近づいた。

「すみませんね、稽古で疲れてるところ」

「たいした稽古はしてないよ」

楢山は笑い、空いた椅子を寄せて、比嘉のデスクの脇に座り、杖を立てかけて、スポーツバッグを足下に置いた。

「道場の再建はうまくいきそうですか？」

比嘉が訊く。

「いい感じでは進んでるよ。資金もクラウドナントカってので集まってるしな」

「クラウドファンディングですね」

比嘉が笑う。

「それだ。便利になったもんだよなあ。インターネットでちょこちょこっと声かけりゃ、金が集まるんだから」

「そんな簡単なもんじゃないですよ。希望資金に到達しないものも多いですし。金武さんの道場が認められている証拠です」

「まあ、あいつのところは本物だからな」

檜山は深くうなずいた。

「で、話ってなんだ？」

改めて訊く。

比嘉は真顔になった。

「先日、松山で放火事案が起こったんですが」

「ああ、風俗ビルが燃やされたってやつな」

「そうです。今、うちはその捜査にかかりきりでして」

比嘉が息をつく。

「どのくらい進んでるんだ？」

檜山が訊ねた。

「中から、二つの焼死体が発見されました。一つはビルのオーナーで実質経営者だった重成史人、もう一つは重成の右腕、金沢浩一郎《かなざわこういちろう》のものだと判明しました。司法解剖の結果、死因は不明ながら、死後に放火されたことはわかっています」

「殺して火を放ったってわけか」

檜山の言葉に比嘉がうなずく。

「手を下したのは、城間尚亮のグループじゃないかというところまでは判明しています」

「誰だ、そりゃ？」

「半グレです。このところ、久茂地や松山のキャバクラなどを次々と自分たちのグループの傘下に収めています」

「金持ってんのか？」

「いえ、こっちです」

比嘉が拳を握って見せる。

楢山の目つきが険しくなった。

「経営者を脅して、強制的に売り上げの半分を徴収しているようですね」

「みかじめじゃねえか。そこまでわかってんなら、引っ張りゃいいだろ」

「それが、連中も悪知恵働かせてましてね。共同経営者として名を連ねるよう細工してるんで、実質みかじめ料でも、書類上は役員報酬になるんですよ」

「小賢《こざか》しい連中だな」

「まったくです。経営者が証言してくれればいいんですが、城間たちは今回のような殺しもいとわない連中のようなので、恐れて口が堅いんです。しっかり証拠を固めないと、公判もたずに逃げられますからねえ」

比嘉がため息をつく。

「そうだな」

檜山は腕組みをして、唸った。

「まあ、そこは私らでなんとかするんでいいんですが、城間の捜査中に少々気になる情報が出てきたんです」

比嘉は檜山にまっすぐ顔を向けた。

「一つは、城間が渡久地の名前を口にしていたということです」

「渡久地？　巌か？」

「そうみたいですね。調べてみると、城間は渡久地巌に憧れて、ボクシングを始めたそうです」

「渡久地伝説の信奉者か……。しかし、巌はまだ別荘だ。時々、俺や金武が面会したり、内間《うちま》に会いに行かせたりしてるが、きっちり更生の道を歩んでいるぞ」

「ええ、巌のことは知っています。もう一つ、気になる情報があるんです」

比嘉が身を寄せた。

「城間を操ってるのは、伊佐勇勝じゃないかという話です」

話を聞き、檜山の眉間に皺が立った。

「座間味の伊佐か」

比嘉がうなずく。

「二カ月前に出所して、ほとんど島には戻らず、内地を転々としているようなんですが、剛の病院に現われたという情報が入っています。また、伊佐がわずかな期間、島に戻ってきた時、城間と接触していたという話も聞こえてきています」

「城間は伊佐の命令で動いているということか？」

「その可能性はあります。城間は暴力では一目《いちもく》置かれていますが、知恵が回るという話はありません。どちらかというと直情型で、一度思い込むと切り替えられない性格だと、昔の仲間や少年課の担当も言っています」

「伊佐が知恵を付けているというわけか」

「ええ。伊佐は座間味でも頭で稼ぐほうでしたから、十分あり得ます」

「伊佐と城間の接点は？」

「城間は以前、伊佐の下で働いていることがあったそうです。取り立てだったり、用心棒だったりが主な仕事ですが」

「そうか。しかしなぜ、城間は伊佐の命令で動いているんだ？　座間味はもうねえし、一人で動いた方がシノギも大きいだろう」

「そこなんです、お話ししたかったのは。城間の軍門に下った経営者がオフレコでくれた情報なんですが、城間はしきりにこう言っていたそうです。〝渡久地ブランドの復権〟と」

「渡久地ブランドだと？」

　楢山が片眉を上げ、首をかしげた。

「かつては那覇で渡久地の名を聞けば、不良どもも震え上がったものですが、巌が刑務所に入り、剛と泰は竜星君にやられてしまった。松山や久茂地には内地の者があふれてる。今や、繁華街で渡久地の名を知る者も少なくなったし、渡久地を怖いと思う者も減りました。巌を知らない者もいます。城間はそうした状況を苦々しく思っていたようですね」

「誰が糸引いてんだ？　巌は渡久地の復権なんざ望んじゃいねえ。剛は廃人同然。泰も更生施設にいる。今さら渡久地もねえだろ」

「私もそう思います。ですが、伊佐が城間を操るために渡久地の名を使っているとすれば、合点がいきます」

　比嘉が言った。

　楢山は「なるほど」とうなずき、腕を解いて太腿を打った。

「そこで気になるのが、竜星君のことです」

「竜星？　なぜだ」

「竜星君は、泰を少年院へ送って、剛を病院送りにした張本人です。もし、城間が本気で渡久地ブランドの復権を考えているとしたら、いずれかの機会に竜星君を襲ってくるのではないかと思うんです。やられたままでは、復権も何もないですから」

「考えすぎじゃねえか？」

「杞憂《きゆう》ならそれでいいんですが、連中の思考を常識で測ると間違います。それは、楢さんもよくご存じのはず」

比嘉が言う。

確かに、これまで戦ってきた犯罪者に常識は通用しなかった。

逆に言えば、犯罪者たちは彼らの〝常識〟で動いている。

それが世間的に非常識なものであっても、連中には関係ない。

「そうなる前に、うちでパクろうと思っていますが、万が一のこともあるかもしれないので、面倒かけますが、気を付けておいてもらえますか？」

「わかった。まあ、そんなクソガキども、俺の前に現われたら半殺しだがな」

楢山が笑う。

比嘉も笑みを返したが、すぐ真顔になった。

「他の者はともかく、城間はインファイトを得意としていた元プロボクサーです。油断はしないでください」

「わかってるって。強え相手は対峙《たいじ》すればすぐにわかる。その時は——」

楢山は右拳を左手のひらに打った。

「相手を殺す気で戦うよ」

何度となく修羅場を潜り抜けてきた楢山の両眼が鋭く光った。

4

「渡久地君、ちょっといいかな？」

泰は廊下で飯嶋に声をかけられた。

「はい……」

飯嶋についていく。

飯嶋が入っていったのは、ミーティングルームだった。

「入って」

飯嶋が笑顔を向ける。

泰は促されるまま、中へ入った。

「そこに」

飯嶋は長テーブルを挟んで向かいのパイプ椅子を手で指した。泰が座ったのを見て、飯嶋も対面に腰を下ろした。

向き合う。飯嶋はじっと泰を見つめる。

泰は直視できず、目を逸らした。

「最近、調子はどうかな？」

「普通です」

「そうか」

飯嶋が微笑んだ。が、その目はいつもと違い、泰の内心を探るような鋭いものだった。

泰は、飯嶋が訊きたい内容をなんとなく察していた。

伊佐と再会して、一週間が経っていた。

伊佐が木内に暴行を加えたその夜から、木内と湯沢は泰の姿を見かけると避けるようになった。

木内はひどいケガをしていたが、湯沢と共にただ転んだだけと言い張った。

よほど、伊佐が怖かったようだ。

だが、他の職員はともかく、海千山千《うみせんやません》の飯嶋には、木内のケガが転んだものではないことくらいお見通しだった。

飯嶋は口には出さなかったが、木内のケガが泰と無関係でないと確信している様子がありありとしていた。

「あと一週間で、君はこの施設を出る。その後、どうするつもりだ？」

「まだ、考えてないですけど……」

「私の意見だがね。沖縄に帰るのは、まだ早いと思う」

飯嶋が言う。

泰は顔を上げた。飯嶋はすべてわかっていると言いたげな目を、泰に向けていた。

あいつら、ゲロしたな……。

木内と湯沢の顔を思い浮かべ、心の中で舌打ちをする。

「渡久地君。過去を断ち切るというのは、容易なことではない。悪い虫は、何年経とうと、亡霊のように現われ、光の下に出ようとするかつての仲間を引きずり降ろそうとする。せっかく七合目まで這い上がっても、そこから三合目まで落とされることもある。それでもな、歩みを止めちゃいけない。足を止めた途端、這い出した闇に引きずり込まれる」

「先生も……」

泰は言いかけて口ごもった。

「どうした？」

飯嶋は笑みを向けた。その目は優しい。

泰はうつむいて拳を握り、もう一度顔を上げて、飯嶋を見つめた。

「先生にもそういうことがあったんですか？」

「何度もあった」

飯嶋が笑った。

「昔の仲間が誘ってきたり、売人が近づいて来たり。過去をばらすと脅して金を取ろうとするヤツもいた。まあ、これも因果だなと思ったがね」

「そんな時、どうしたんですか？」

「断わり続けた。それもきつくなってきて、地元を離れた。自分のことを誰も知らない場所を転々としながら、社会福祉士の資格を取って、今現在、ここにいる」

飯嶋はまっすぐ泰を見た。

その眼差しは揺れる心を射抜くようで、泰は胸が痛くなった。

「渡久地君。地元にこだわる必要はないんだぞ。生まれ育った場所は、ただ単に人生の一時期を過ごした場所でしかない。悪仲間も渡久地君にとっては大事な友達かもしれんが、それも長い人生の中で接しただけに過ぎない。そこで生きるのがつらくなって、息ができなくなるくらいなら、飛び出せばいい。日本も世界も広い。君には、その二本の足で、どこへでも羽ばたく権利がある。何にも縛られず、自分の人生を選択して生きる資格を有している」

「それって、逃げろってことですか？」

「逃げてもいいんじゃないか？　自分を生きるために逃げることは、恥ずかしいことではないよ。むしろ、発展的後退と言える」

「難しい言葉はわからないんですけど」

「次へ進むために、一度前に進むのをやめて、退くということ。高い壁は上って越えなくても、壁の周りを歩いて切れ目を探して回り込んで抜けてもいいんだよ。ジグザグに進んでいるうちに、いつのまにか高みに上がっている。ここはその一歩を踏み出すところだ」

飯嶋は優しい笑みを向けた。

泰は、胸が熱くなるのを感じた。

同時に、伊佐と竜星の顔が浮かぶ。

「渡久地君、私の知り合いのアニメ制作会社の社長が、オペレーターを探しているんだ」

「俺、アニメとか興味ないし、パソコン触れねえっすよ」

「わかってる。それはそちらの会社で教えてくれるそうだ。一度、会ってみないか？」

飯嶋が言った。

泰はうつむいた。

アニメなど見たことがない。そんなものを楽しむような環境になかった。

そういえば、子供らしい子供時代を過ごしたことがないな……と気づく。

「働きながら、自分が本当にしたいことを見つけるといい。考えてみてくれ。な」

飯嶋の問いかけに、泰は小さく首肯《しゅこう》した。

5

木内と湯沢は、朝からコンビニを訪れていた。

何をするわけでもない。ただ、施設内にいるのがうっとうしくて、一日に何度もコンビニに出向いては雑誌を立ち読みしたり、ジュースと菓子を買ってだらだらとしゃべったりしているだけ。

目的はなかった。

その日も、昼を過ぎてもなおコンビニの駐車場の端に座り込み、飲み食いしながら時間をつぶしていた。

「そういや、訊いたか？」

木内が湯沢を見た。木内の鼻周りや頬骨には、伊佐にやられた時の傷が痣《あざ》となって残っている。

「渡久地の野郎、飯嶋から仕事紹介されたって」

「マジか！　なんで、飯嶋は渡久地に甘いんだよ。エコヒイキ、ひでーよな」

湯沢が仏頂面《ぶっちょうづら》を見せた。

「どっちも腹立つよな。飯嶋も渡久地も。やっちまうか？」

木内が目をぎらつかせる。

「飯嶋はかまわねえけど、渡久地はやべーだろ。あのわけわかんねえバイク野郎がバックにいるんだから」

湯沢が少し眦《まなじり》をひきつらせた。

「やっちまった後、俺ら、ここから出ちまえばいいんじゃねえか？　第一、あんな弱えのにビビってるなんて見られたら、俺の沽券《こけん》にかかわる」

「沽券なんて言葉知ってんだな」

湯沢が笑った。

「こう見えても、学年で五十番以内には入ってたんだぜ」

「何人、いるんだよ？」

「……一学年、九十人だけどな」

「真ん中以下じゃねえか！」

湯沢は大笑いした。

「五十番以内って言えや！」

木内が怒鳴る。湯沢は腹を抱えて笑い声を上げた。

「楽しそうじゃねえか」

突然、声をかけられた。

木内と湯沢が同時に下から睨み上げた。途端、二人の眉尻が下がる。

「あんた……」

湯沢がつぶやく。木内はすかさず湯沢の後ろに隠れた。

二人を見下ろしていたのは、伊佐だった。

「おう、そこの坊主。こないだはすまなかったな」

そう言い、サングラスを外す。

「いえ……」

木内は下を向いたまま、小声で返した。

伊佐は二人の前にしゃがんだ。いわゆるヤンキー座りで腰を落とし、二人と目線を合わせる。

「おまえら、いつ施設を出られるんだ？」

「わかんねえ……っす」

湯沢が答える。

「出たら、何するつもりだ？」

「特に考えてないですけど……」

湯沢の答えに、木内もうなずく。

「俺の下で働かねえか」

伊佐が言う。

木内と湯沢は顔を見合わせて、目を丸くした。そして、伊佐を見上げる。

「あんたの下で？」

湯沢が問い返す。

「そうだ」

「ということは、渡久地の部下になるってことじゃ――」

「そういうことだ」

伊佐は言い、付け加えた。

「形だけはな」

にやりとする。

「沖縄の松山って繁華街を知ってるか?」

二人に訊く。二人とも顔を横に振った。

「沖縄一の歓楽街だ。今、俺の部下が、その街の半分程度を占めてる。いずれ、八割方が俺たちの傘下《さんか》に下るだろう。そのシマの一部をおまえたちに任せたい」

伊佐の提案に、木内と湯沢はまた顔を見合わせて驚いた。

「どういうことですか?」

木内が訊ねる。

「そのまんまだ。俺の右腕として、働いてもらいたい」

「でも、俺ら、あんたが担ぐ渡久地をいびってたんですけど……」

「関係ねえ。俺は、根性のあるヤツなら誰でも受け入れる。坊主」

「はい」

いきなり視線を向けられ、木内は背筋を伸ばした。

「俺、おまえは認めてるぞ。俺の頭突きを受けても、失神しなかったからな。それと、そっちの」

湯沢を見やる。

「おまえも認めてる。仲間がやられてんの見ても逃げなかった。だいたい、俺を前にすりゃあ、ほとんどの連中がさっさと逃げちまうからな。おまえら、逃げなかっただけたいしたもんだ」

笑みを向ける。

二人は戸惑いつつも、褒められ、にやけていた。

「そこでな、お前らを見込んで頼みたいことがあるんだが」

伊佐は擦り寄って二人の肩を抱いて寄せ、小声で話し始めた。

聞いていた二人の顔がみるみる強ばる。

「──できるよな？」

伊佐は木内と湯沢の肩を強く握った。

親指が鎖骨に食い込む。二人同時に顔を歪めた。

「できるよな？」

再度、問う。

か？」

「三日でやれ。それ以上、もたもたしやがったら、敵と見て追い込むからな。わかった

　さらに親指に力をこめる。

二人の顔から血の気が引く。木内も湯沢も首を縦に振るしかなかった。

伊佐は手を離して立ち上がった。

「期待してるぜ」

そう言って右手を上げ、路上に停めたバイクの方へ歩いていった。

「あいつ、俺らを待ってたんじゃねえか？」

湯沢は、伊佐がバイクを停めている場所を見やり、つぶやいた。

「最初から、俺らにやらせるつもりだったってことか？」

木内が湯沢を見る。

「駐車場があるのに、わざわざ路駐してるなんておかしいじゃねえか。待ち伏せされてたんだよ、たぶん」

「マジか……」

木内は坊主頭を掻きむしった。

「どうする？」

顔を上げて、湯沢に訊く。

「どうもこうも、やんなきゃやられるってことだろ？　やるしかねえ」

「本気か？」

「マジもマジ、大マジ。殺されるよりはましだ」

湯沢は言った。

「それに、うまくいったら、俺ら、沖縄で悠々自適の生活できるかもしんねえぞ」

「その前にパクられたらどうすんだよ。今度は、年少じゃすまないぞ」

木内の顔が引きつる。

「やるしかねえだろって！」

湯沢は木内の胸ぐらをつかんだ。

「だったらよお！　少しは夢見ねえと、やれねえだろ！　違うか！」

怒鳴る湯沢は、涙目になっていた。

木内は顔をうつむけて、唇を噛んだ。

中学生になって早々、道を踏み外してからずっと、クソみたいな思いをしてきた。

普通の連中の前では大きな顔をして威勢を張っていても、悪仲間の中では小物でしかない。

強い連中にいいように使われ、最後は、何の恨みもない相手にケガをさせ、傷害罪で少年院へ入ることになった。

湯沢も似たようなものだ。二人とも、粋《いき》がっていたせいで悪い連中につけ込まれ、都合よく使われ、罪を犯した。

木内は少年院にいる時、もっと別の人生があったのではないかと考えることもあった。シャバにいる時は、働かずに酒を飲み、暴力を振るう、絵に描いたようなダメ親父の下で、まともな人生など送れるはずがないとあきらめた。

ただ、少年院に入って、悪い環境から隔絶され、更生施設で過ごすうちに、ひょっとしたら自分のような者でも普通の人生というものを手に入れられるのではないかと、かすかな希望を抱いたのも事実だ。

しかし、飯嶋を初めとする職員にはどうにも苛立つし、施設でまともに暮らそうとしている連中を見るにつけ、言葉にならない腹立たしさが込み上げてきて、抑えられなかった。

湯沢もそうだった。

だから、二人でよくつるみ、ちょろそうな入所者を標的にしては、憂《う》さ晴《ば》らしをしていた。

渡久地も、ただの標的の一人にすぎなかった。

だが、触れてはいけない人物に触れてしまったようだ。

こうなると逃れられないことは、短いながらも裏街道を歩いてきて、身に染みて知っている。

トラブルにならない入所者を選んでいたつもりだったが、地雷を踏んだ。

それも、特大の地雷を……。

まともに生きてみればよかったか。ほんのりと胸の内によぎる。

木内は顔を強く左右に振った。

もう、どうにもなんねえ——。

右拳を左手で包み込み、強く握る。そして、顔を上げた。

「やるか」

湯沢をまっすぐ見つめる。

湯沢も覚悟を決め、緊張した面持ちで首肯した。

「ぐずぐずしてたら、決心が鈍る。今晩、やっちまおうぜ」

「そうだな」

湯沢が右手をこちらに向けてきた。

木内はその手をパシンと叩き、親指を絡めてグッと握った。

二人は汗ばんだ手で強く握り合い、深くうなずいて、立ち上がった。

6

「お先に」

飯嶋は夜間の職員に声をかけ、職員室を出た。

午後六時を回ったところだが、外はとっぷりと暮れている。吹き付ける寒風に背を丸め、駐車場へ向かった。

これから帰って、晩飯を食べて、風呂に入って、少し子供たちの更生に役立つ書物を読んで、寝るだけ。

よほどのトラブルがない限り、これが飯嶋のルーティンだ。この生活をもう二十年以上続けている。

妻子はいない。ずっと独り身だ。

それなりに付き合っていた女性は何人かいたが、彼女たちとは結婚できなかった。

当時は、普通の家庭というものにまったく興味がなかった。

欲するのは、ひたすら薬物。より強く、より夢を見させてくれる薬物を求めて、すべての力を注いだ。

結果、すべてを失った。

人間関係はもちろん、住まいも金も、貴重な時間も――。

逮捕されるたびに後悔し、薬物を断つことを強く心に誓うが、出所して壁にぶつかると誘惑に負けてしまう。

そんな弱い自分が家庭など持てるはずもない。

看守《かんしゅ》やカウンセラーは、他人のために生きられるようになれば、それだけで大きな歯止めになると言っていたが、しばらくは、そんな単純な話ではないと拒否していた。

一方で、何かをしなければ、何も変わらないとも感じていた。

惑う飯嶋に声をかけてくれたのは、最後に入所した刑務所に説法をしに来ていた僧侶だった。

彼は保護司《ほごし》をしていて、一度、自分の活動を手伝ってくれないかと誘われた。

散々迷惑をかけてきた自分のような人間に人助けができるわけがないと、一度は断わった。

しかし、僧侶は、犯罪に走る者の痛みと苦悩を知るからこそ、真の手助けができるのではないかと説いた。

そして、更生する彼らと向き合うことは、自分と向き合うことでもあると。

飯嶋は、そうかもしれないと思い直した。

これまで、自分自身と正面から向き合ったことはなかった気がする。

何も変わらないのかもしれない。だが、動かないよりはマシだ。

飯嶋は出所後、寺に住み込み、僧侶とともに更生施設で働き始めた。

初めのうちは、自分と変わらない連中を前にして、嫌な気分にさせられた。同族嫌悪というやつだ。

自分の弱さを出自や社会のせいにして、犯した罪を正当化しようとする。

まるで、刑務所を行ったり来たりしている自分を見ているようだった。

少年たちの態度に怒りを覚える。同時に、彼らがそうした道へ走ってしまった憤りも、我が事のようにわかる。

彼らを弱い、甘いと非難し、強くなれとハッパをかけても、何の意味もない。

そうなるまでに、彼らは、普通に生きる人々が想像もできないほどの苦痛を味わわされている。

表から見てわかりやすい虐待もあれば、一見普通でも胸の内では息もできないほど苦しんでいることもある。

飯嶋もそうだった。

父はわかりやすい部類だった。

父は仕事もせず、暴力をふるうダメ男で、母は父と一人息子を残して出て行った。

母が出て行ったあと、父の生活はますます荒れ、昼間から酒を飲んでは女を家に連れ込み、快楽を貪《むさぼ》るようになった。

働いていないので、快楽の原資はすべて借金。消費者金融で借りられなくなると、高利にまで手を出し、それも借りられなくなったら、飯嶋が進学のためにと年齢を偽ってバイトして貯めた金を奪ってまで、非道を繰り返した。

どうすれば、こんなクズができあがるのかと思うほどの父親だった。

父のようになりたくない、なんとかまともに生きようと飯嶋は必死になった。

しかし、十代半ばの子供にとって、それは大きなストレスとなった。

飯嶋は何度金を奪われようとアルバイトを続け、金を貯め、なんとか高校に進学した。

そして、大学を目指して勉強をしながらアルバイトに精を出す生活をしていた時、父が失踪《しっそう》した。

借金取りに追われ、飯嶋を置いて逃げたのだ。

正直、父がどうなろうと知ったことではなかった。目の前から消えてくれて、むしろ清々《すがすが》しい気持ちだった。

が、息をついたのも束の間、飯嶋のアパートに借金取りが押し寄せるようになった。

父親の借金を返すのは息子の責任と責め立て、有り金すべてだけでなく、わずかな家財道具まで奪っていった。

さらに、アルバイト先にまで押しかけ、日当を出せと要求してくる。

飯嶋はバイト先を辞めざるを得なくなり、学費も払えなくなって、高校を休学した。

逃げようとしたが逃げられず、各借金取りが斡旋《あっせん》する仕事を強制的にさせられた。

その一つが、薬物の売買だった。

売人からブツを受け取り、客に届ける役目だ。現物を持っているだけに、最も逮捕される確率の高い役割だった。

ただ、建設現場や倉庫内作業より、楽で実入りもよかった。

借金も一社、また一社と完済していった。

少し余裕ができ、生活費も回ってきて、高校へ復帰する目途は立ったが、その頃にはもう、飯嶋自身が表社会へ戻る気をなくしていた。

飯嶋が覚せい剤に手を出したのは、その頃だ。

パケから少しだけ売り物を抜いて溜め、使ってみた。

心地よかった。

溜まりに溜まった疲れが一瞬で吹き飛び、ぼーっとしていた頭の中がクリアになった。

気分もスッキリとして、長らく忘れていた活力が、腹の底から湧いてきた。

一度、味を知ると、やめられなくなった。

禁断症状は聞いていたほどではなかった。

薬効が切れてくると、多少イライラはするが、タバコを吸えない時の苛立つ感覚と変わらなかった。

少量なら大丈夫。飯嶋は、自分はコントロールできていると自負し、少しずつ抜いては溜めて使うという行為を繰り返していた。

しかし、薬は使い続ければ、効き目が弱くなってくる。

もう少し、もう少し……と増やしていくうちに、飯嶋たちから覚せい剤を買っている中毒者と変わらない状態になっていた。

そしてついに、売り物を丸ごと盗み、使ってしまった。

当然、売人に捕まり、暴行を受けた後、弁済を求められた。

飯嶋は働いた分の金はいらないと申し出た。ただ、自分が使う分の薬はもらいたいとも要求した。

とにかく、薬が欲しかった。

こうなると、売人の意のままだ。

彼らはわずかな覚せい剤を飯嶋に与え、こき使った。

借金取りもさせられた。それが現金収入となり、生活費になっていた。

薬を打ち続け、ろくにメシも食わず、げっそりとしながら目の色だけはギラギラしている飯嶋を前にすると、ほとんどの債務者は素直に有り金を出した。

が、中には、屁理屈《へりくつ》をこねたり、飯嶋を恫喝したりして、払いを逃れようとする者もいた。

飯嶋には、そうした連中の無様な姿が、父とダブって見えた。

腹立ちを止められなくなり、相手が立てなくなるまで暴行を加えることもあった。

どんどん道を踏み外していく自分が情けなく感じることは常だった。

だが、薬の快感には敵わない。

仕事を終え、アパートで薬をキメているときだけが、唯一、幸福を感じられる時間だった。

飯嶋が最初に逮捕されたのは、そんな生活が半年続いた頃だった。

いつものようにブツを運んでいる時、パトロール中の警察官に職務質問をかけられた。

飯嶋は抵抗はしなかった。

むしろ、見つけてくれてホッとした。

逮捕されれば、売人や薬と手が切れる。自分ではどうにもできなかった転落を止められる。

借金回収時の暴行の件も罪に問われたが、まだ少年ということもあり、一年三カ月の実刑で少年刑務所に収監された。

刑務所内で、様々な少年犯罪者と会った。深い付き合いはしなかったが、時折耳にする境遇は、誰もが飯嶋と似たようなものだった。

そうでないように見える者も、家庭や自分を取り巻く環境を悲観し、絶望している者たちばかりだった。

なぜ、こんなにも希望が持てないのか。

周りの連中を見ても、自分自身を掘り下げても、理由がわからない。

それらしい本を読んでみても、どれも的外れな気がして、もやもやしたままだった。

刑期を終え、社会に戻った。

まともに生きよう。出所してしばらくはそう誓い、こつこつと働いた。

が、その先に何があるんだろうか……という虚無感がどうしても拭えない。

そうした心の揺れを見透かしたように、売人が連絡を取ってきた。

最初は会うこともなく、薬物を勧められても断わっていたが、勤め先で嫌なことがあった時、つい魔が差し、再び薬漬けの日々に戻った。

一度、快楽を思い出すと止まらない。

仕事を辞め、こつこつと貯めた金もすぐに底をついた。

再使用から三カ月後、二度目の逮捕をされた。

それからも再使用と逮捕を繰り返して、いつしか密売組織のリーダーにもされ、十年以上も刑務所で過ごすことになり、気がつけば、三十路を越えていた。

僧侶に出会っていなければ、今も刑務所を出たり入ったりしていただろう。

僧侶の手伝いをしながら、他の保護司たちとも交流する中で、飯嶋は気づいたことがある。

彼らは決して、大金持ちでも地元の名士でもないけれど、誰もが、きちんとした大人だった。

黙々と真面目に勤めているとか、四角四面に暮らしているとか、そういうことではない。年相応の大人の落ち着きを持って、大人たる責任感を抱いて周りの人たちや少年たちとまっすぐ向き合っている人ばかり。

飯嶋はそこに、絶望の正体を垣間見た気がした。

思い返してみれば、物心ついた頃から、ちゃんとした大人に会ったことがなかった気がする。

父を筆頭に、周りの大人たちは自分の欲望の赴くままに生きる者ばかりだった。

それは一見、魅力的な生き方のようだが、逆に見れば、自分本位に生きている思春期の少年と変わらない。

長く生きているだけに悪知恵も働くので、その下に置かれた飯嶋のような者たちは翻弄《ほんろう》され、若さと時間を搾取《さくしゅ》される。

飯嶋たちが接していたのは、大人の皮をかぶったクソガキだった。

そのような者たちに触れていて、大人になることへの夢や希望が見いだせるわけがない。

大人になったところで、少年時代と同じような耐え難い主従関係で生きるしかないのであれば、そこには絶望しかない。

さらに、自分も歳を取れば、目の前の大人顔したクズにしかなれないと悟れば、ますます絶望は加速する。

きちんとした大人たちとの出会いによって、将来に希望を見い出せたわけではないが、少なくとも、絶望感からは少しずつ解き放たれていった。

そして、目標を定めた。

年相応の責任を果たせる大人になろう。

それから、更生保護施設で本格的に働きつつ、金を貯めて大学入学資格検定を受け、合格した後、大学にも通い、社会福祉士の資格を取った。

僧侶との出会いからここに辿り着くまで十年以上かかったが、少しずつ大人の責任を果たせる自分になっていることが実感でき、充実した。

施設で面倒をみている少年たちすべてが、自分のように社会復帰を果たせるわけではない。何度もドロップアウトして、ついには這い上がれなくなった者も大勢いる。

それでも、一人でも多く、社会復帰するための手助けができれば、と奮闘している。

そこに全力を投じることが、自分に与えられた大人としての責任だと思っていた。

ショルダーバッグからインテリジェントキーを出し、車のロックを外す。ピピッと音がして、ハザードランプが一回光った。

窓向こうにある調理室を照らす。

「ん？」

目の端に人影が映った気がした。

調理室は真っ暗だ。今、職員が使用していることもない。

窓に近づいた。中を覗き込む。人影はない。

「……気のせいか？」

独り言ち、車へ戻ろうとする。

その時、ゴトッと音がした。かすかな音だったが、違和感を覚えた。

再び、窓に近づく。と、異臭も感じた。

鼻をひくひくさせ、臭いを探る。

調理室の方から漂ってくる。少し刺すような臭い……。

ガスか！

飯嶋は目を見開いた。中にいる職員へ連絡すべく、スマートフォンを取り出そうとバッグを見た。

瞬間だった。

後頭部に衝撃を覚えた。

一瞬、視界が飛んだ。上体が大きく前のめりになる。意識がかすかに戻ってきた時、背中に重い衝撃が走った。

そのまま前のめって、地面にダイブする。とっさに手をついたが、力が入らず、顔から落ちた。

鼻頭が曲がり、上前歯が折れた。

背中を踏みつけられた。体を起こせない。顔をねじって、踏みつけている者を見上げた。

「湯沢！」

名前を叫ぶ。

湯沢は飯嶋の顔を踏みつけた。頬が歪み、Oの字に開いた口から血飛沫《ちしぶき》が噴き出す。

「ちょっとおとなしくしといてもらえませんか？　すぐ終わりますから」

「何をする気だ……」

「知らねえほうがいいですよ」

湯沢が冷たく見下ろす。

飯嶋は湯沢の足首をつかんだ。

「何があった？　話してみろ」

「うるせえ！」

つかまれた足を少し上げ、再び顔を踏みつける。

飯嶋の口から血糊と呻きが漏れる。が、飯嶋は手を離さない。

「話してくれ。トラブルがあったなら、私たちが必ず解決してやる。だから、私たちを信じて――」

「うるせえって言ってんだろ！」

湯沢は靴底をぐりぐりとねじった。

飯嶋の奥歯が折れ、どろっとした血とともに歯が地面にこぼれた。

それでもなお、飯嶋は湯沢の足首を強くつかんだ。

「肥溜《こえだ》めに戻るな！　引きずり降ろそうとする者がいるなら逃げろ！　私が手を貸す！　おまえを全力で守る！」

「うるせえうるせえうるせえ！」

湯沢は足を強引に上げた。

「適当なこと言ってんじゃねえ！　おまえみたいな大人を信じて、こうなっちまったんじゃねえか！　おまえだって、自分のことしか考えてねえんだろうが！」

何度も何度も飯嶋を踏みつける。

飯嶋は幾度手を振り払われても、湯沢の足をつかみ直した。

「信じろ！　私を信じろ！」

飯嶋の顔は腫れ上がっていた。何本もの歯が地面に転がっている。それでも湯沢の足に食らいつく。

「なんだよ……。おまえ、なんなんだよ！」

湯沢は踏みつけ続けた。

気がつけば、涙があふれていた。飯嶋を睨みながらも流れる涙を止められない。

やがて、飯嶋の腕が上がらなくなった。

調理室の窓が開いた。

「湯沢！　何やってんだ！」

木内は窓から飛び出してきた。靴は履いている。

「やめろ！」

後ろから腕を巻いて、湯沢を引き離す。

湯沢は肩で息を継ぎながら、足元に目をやった。

飯嶋はぐったりと横たわっていた。顔は地面に伏せがちに傾き、周りには血だまりができ、血液で固まった土の球が転がっていた。

木内は屈《かが》んで、飯嶋の首筋に手を当てた。鼻先にも指をかざしてみる。

「息してねえ……」

胸元に手を入れてみる。鼓動も感じない。

木内は立ち上がりざま、湯沢の胸ぐらをつかんだ。

「おまえ、何殺してんだよ！　バカじゃねえのか！」

激しく揺さぶる。

「火をつけるだけじゃねえか！　殺せなんて言われてねえぞ！」

さらに揺さぶる。

湯沢は放心状態で揺れていたが、みるみる眉間に険しい皺が立ってきた。

木内の両手首を握る。

「死んじまったもんはしょうがねえだろうが！」

木内を突き飛ばした。

木内はよろけて、尻もちをついた。傍らに、原形を留めない飯嶋の顔があり、思わず身がすくんだ。

手に血が付いた。あわてて、ズボンで拭う。赤黒い血がべっとりと布に付いた。後退りして、立ち上がる。

「もう、付き合いきれねえ……。俺は抜けるぜ」

背を向け、駆け出そうとする。

湯沢は襟首をつかんだ。木内はよたよたと後退した。

そのまま足をかけて、引き倒す。木内はまた尻もちをついた。したたかに尾てい骨を打ち、顔を歪める。

「何すんだ！」

木内はすぐに立ち上がり、湯沢を睨みつけた。湯沢は睨み返し、鼻先が付くほど、顔を近づけた。

「抜けらんねーぞ。逃げたら、てめーが殺したことにしてやる」

「ふざけんな。今から、サツにタレこんでもいいんだぜ」

「できるのか？　あのバイク野郎が黙っちゃいねえぞ」

「ムショに入っちまえば、追ってこれねえ。人殺しと一緒くたにされるのはごめんだ」

「なんだと、こら！」

湯沢の怒鳴り声が響く。

「誰だ？」

唐突に声をかけられ、二人はびくっとして動きを止めた。

木内が湯沢の肩越しにその先を見やる。

泰だった。

怪訝《けげん》そうな顔をして、近づいてくる。

「やべえ、渡久地だ」

木内は小声で言った。そして、泰に駆け寄る。

「なんだよ、てめえ」

泰の前に立ちふさがり、顔を近づける。

「おまえらに用はねえ。飯嶋先生、見なかったか？」

飯嶋の名を聞いて、蒼ざめる。

泰は訝《いぶか》しげに木内を睨み、後ろを覗こうとした。木内があわてて、視界を塞ぐ。

「ここにはいねえよ。帰ったんじゃねえか？」

「車があるじゃないか」

顎で少し見えている飯嶋の車を指す。

「じゃあ、どっかにいるんだろ。ここにはいねえって」

木内は顔を近づけた。

泰は仰け反った。

「そうか……。見かけたら、俺が話したいことがあると言ってたと伝えといてくれ」

「わかった。言っとくから、さっさと行けよ」

木内は両肩をつかんで反転させ、背中を押した。

泰は足を突っ張って、トトトっと前に押し出された。木内と距離が離れる。

瞬間、振り返った。

木内の顔が強ばる。

湯沢の足下が見えた。飯嶋が地面に転がっている。顔はわからないが、服装ですぐに飯嶋だとわかった。

「おまえら！」

泰は木内に向かって走った。

木内はおろおろとしていた。その顔面に右拳を叩き込む。腕を振り抜くと、木内は後ろに倒れ、二回転した。

そのまま湯沢のところまで駆け寄る。

「湯沢！」

怒鳴ると、湯沢は逃げ出した。それを見て、木内も立ち上がり、建物の陰に身を潜《ひそ》めた。

「先生！」

泰は飯嶋の脇に屈んだ。抱き起こす。

腫れ上がった飯嶋の顔が後ろに傾いた。首の骨がないかのようにぐにゃりと曲がる。口や鼻から流れ出る血が止まらない。

泰の両腕が、飯嶋の上半身の重みで沈む。呼吸を感じなかった。

「あいつら……あいつら！」

腹の底から咆哮《ほうこう》した。

泰は、飯嶋からゲーム会社への就職の件を詳しく訊くつもりでいた。

飯嶋の言うように、島からは離れて、自分の生き方を模索してみたいと思ったからだ。

決心が鈍らないうちに話を進めようと思い、飯嶋を捜していた。

それが……。

「あったー、許さん！」

怒りのあまり、方言が口をついた。

その時、建物の方で赤い光が瞬いた。木内が調理室に火の点いたライターを投げ入れ、湯沢を追って逃げ出す。

凄まじい爆発音が轟《とどろ》いた。地面が揺れる。一瞬で窓ガラスが砕け、炎と共に泰に襲いかかった。

泰はとっさに飯嶋の体を抱いた。

体中にガラスや金属片、コンクリート片が突き刺さる。炎が全身を包み、衣服を焼く。髪の毛も燃え盛った。

泰は爆風に煽られ、地面に突っ伏した。

薄れゆく意識の中、泰は逃げていく木内と湯沢をいつまでも睨んでいた。

第二章

1

城間は苛立っていた。

松山の風俗店は、六割が城間たちのグループの軍門に下った。

通常なら、結構な実入りがあるはずだった。

が、夏頃から増え始めた新型コロナウイルスの感染者数は、十月を境に急激な増加傾向を示し、今や緊急事態宣言が発出される寸前にまで爆発している。

松山はおろか、国際通りにも人影はまばらで、十月が終わる頃にはお忍びで訪れていた客も顔を見せなくなった。

ほとんどの店は開店休業状態。たまにデリヘルの依頼があるものの、その程度の収入では一時間の経費にもならない。

城間と部下は、そんな状況でも夜の街をうろついている怖い物知らずの客を強引に引っ張り、小銭を稼いでいたが、十一月になるといよいよ客足は途絶え、他店も次々と潰れていって、街から人という人が消えた。

城間が共同経営者として名を連ねていた店のオーナーは、タダ同然で経営権を投げ出し、店の女の子たちは連絡もなく辞めていく。

譲渡された店はいずれ莫大《ばくだい》な利益を生むとわかってはいるが、感染収束のメドは立たず、それまで持《も》ち堪《こた》えられるかもわからない状況だった。

城間は、かつて座間味組が入っていたビルを暴力で奪取していた。

糸満のアジトは引き払い、今はその最上階に事務所を構えている。

しかし、窓の向こうに見えるビルに明かりはなく、毎夜毎夜ゴーストタウンのように死んだ暗い街を見つめるだけだった。

師走に入り、ますます状況は悪化していたが、これぱかりは城間がどんなに拳を振るおうと、どうにもならない。

城間は外を見つめ、ため息をついた。

ドアがノックされた。

「入れ」

背もたれの高い執務椅子に座っていた城間は、ドアの向こうに声をかけた。

ドアが開く。

仲松が顔を出した。

「城間さん、若い連中が二人、城間さんに会わせろと言って、訪ねてきているんですが」

「若いの？　誰だ？」

「木内と湯沢というガキです。伊佐さんから城間さんを訪ねるようにと言われたそうです」

「伊佐さんに？　わかった、通せ」

「はい」

仲松は返事をし、振り向いて右手を手前に振った。桑江が坊主頭の男と細面の男を連れてくる。

二人は肩をすぼめて小さくなり、おどおどしながらドア前まで来た。

「さっさと入れ」

仲松が木内の背中を突く。

木内はよろよろと城間の部屋に入った。湯沢も桑江に押され、木内の横に並ぶ。

「おまえら、いいぞ」

仲松と桑江に言う。二人は一礼して下がった。

ドアが閉まる。

二人はドアそばに所在なげに突っ立っていた。

「何やってんだ。こっちに来い」

城間が言う。

木内と湯沢は顔を見合わせ、おずおずと城間の机の前まで来た。

城間は二人を見上げた。その眼力に二人は思わず目を伏せた。

「伊佐さんの紹介だって？」

「はい……」

木内が答えた。声が上擦る。

「どこにいたんだ、おまえら？」

「福岡の更生施設です」

湯沢が答える。

「福岡の？　泰がいたとこか？」

城間から泰の名前が出て、二人はびくっとした。

「そうです」

やや間があって、湯沢がうなずいた。

城間は不審な挙動を認めたが、流した。

「伊佐さんからなんと言われた？」

訊くと、木内がポケットから白い封筒を取り出した。折れ曲がってクシャクシャだ。

「これを城間さんに渡すようにと」

机の上に差し出す。

城間は手に取って、封筒を伸ばした。封が開けられた形跡はない。

指で封筒上部を乱暴に破り、中の便箋を取り出した。二枚、入っている。

広げて、目を通す。

木内と湯沢は落ち着かない様子で、部屋をきょろきょろと見回していた。

「……なるほどな。仲松！」

城間が大声で呼んだ。

その声に二人はびくっとして直立する。

仲松が中に入ってきた。

「なんでしょう」

「伊佐さんが、こいつら二人の面倒をみてくれとさ。メシ食わせて、部屋与えてやれ」

「わかりました」

「木内と湯沢だったな」

城間は二人を見て、笑みを浮かべた。しかし、その目は笑っていないようにも映る。

二人はさらに直立した。

「おまえらをうちのグループに入れるかどうかは、後日判断する。とりあえず、疲れただろう。二、三日のんびりしろ」

「ありがとうございます！」

二人は同時に深々と頭を下げた。

仲松が二人を連れて出ようとする。

「あー、仲松。仕事の話があるから残れ」

「はい。桑江、こいつらにメシ食わせてやれ」

仲松は桑江に二人を託した。

木内と湯沢はドア口でもう一度頭を下げ、桑江と共に事務所から出て行った。

二人を見送り、仲松はドアを閉め、机に歩み寄った。

「どうかしましたか？」

「読んでみろ」

伊佐からの手紙を放る。

仲松は手に取り、目を通した。その眼光が鋭くなる。

「あいつら、何やらかしたんですかね？」

手紙に目を落としたまま、仲松が言う。

「さあな。何をしたのかは知らねえが、相当伊佐さんを怒らせちまったんだろう」

「バカなヤツらですね。いつ、やります？」

「今晩やれ。気取《けど》られて、逃げられちゃ、こっちが伊佐さんの怒りを買っちまう」

「わかりました」

仲松は机に手紙を置いて一礼し、部屋から出ていった。

城間はひと息ついて、手紙を見つめた。

そこには、こう書かれていた。

《木内と湯沢を監禁して半殺しにし、その写真を俺のスマホに送れ》

と——。

2

内間孝行《たかゆき》は大分市に来ていた。楢山の名代として大分刑務所にいる渡久地巌に会うためだ。

各地への往来自粛を強く求められている中、ＰＣＲ検査を受け、陰性を確認して出向いた。

アクリル板を挟んで、巌と向かい合う。

内間も巌もマスクをしていた。

「楢山さんたちはどうしてる？」

巌は内間に微笑みかけた。

「コロナに気をつけながら、金武さんと一緒に道場の再建を始めてますよ」

「おー、目処《めど》がついたのか」

「クラウドファンディングで目標金額を大きく上回って達成したみたいです」

「さすが、金武さんの道場は人気があるな」

「もう少し優しい稽古をしてくれると、もっと人が集まるんですけどね」

「金武さんと楢山さんがいる限りは無理だろうな」

巌は笑った。

渡久地巌は、座間味組が解散するきっかけとなった事件で実刑判決を受け、禁固七年の刑に服している。

丸坊主の巌は、規則正しい生活をしているからか、体線や顔のラインがスッキリして、ますます引き締まった風体になっていた。

「でも、ムショの中でもマスクなんですね」

「あちこちでクラスターが出てるからな。仕方ない。まあでも、ソーシャルディスタンスで混み具合は解消されて、過ごしやすくなった面もある。新型コロナも困ったもんだが、少しでも良い面に目を向けねえとな。こっちより、おまえらの方が大変だろう。仕事は大丈夫か？」

　巌が気づかう。

「大丈夫……と言いてえとこなんですけど、タクシー一本で食うのはきつくなってきました。観光客どころか、地元の連中も自粛自粛で出てないですからね。定期的に入ってくる仕事といやあ、おじーやおばーの送迎くらいですが、それだけじゃあ、たいした稼ぎにはなりません」

「そうか。他に仕事をしてるのか？」

「いえ。飲食店もだいぶ潰れちまったし、がんばってるところも、とても人を雇う余裕はなくて。うちの社長が雇用調整ナントカってのを申請してくれたんで、基本給は出てるんですけどね。それを入れても月十二万くらいなもんです。島にも緊急事態宣言が出るんじゃないかってもっぱらの噂ですし、どうなることか……」

　内間は深くため息をついた。

「俺は塀の中で変わらない生活してるから外の空気感はわからんが、思った以上に厳しそうだな」

「正直、別荘に入った方が楽に生きられるんじゃねえかと思いますよ」

「おい」

　巌が睨む。

「冗談ですよ」

内間はあわてて愛想笑いを浮かべた。しかしすぐ、真顔になる。

「けど、そう思いたくなるくらい、あっちもこっちも疲れ切ってます。仕事って仕事が軒並みなくなってますからね。これからどうやって食ったらいいんだって話ですよ」

そう言い、再びため息を漏らす。

「すまんな」

巌の口から、思わず詫《わ》びがこぼれた。

「巌さんのせいじゃないですよ」

内間が笑う。

「そうだな」

巌は同調したが、詫びたのはそのことではない。

外の世界で懸命に生きている人たちが追い込まれている中、罪を犯して塀に囲まれた場所に隔離されている自分たちが衣食住の不安なく過ごしていることに、ほのかな罪悪感を覚える。

自分の人生に後悔はないが、楢山や内間に頼んで本を差し入れてもらい、様々なことを学ぶにつれ、自身がいかに生きることと向き合っていなかったかを、ひしひしと感じさせられる。

世間に背を向け、肩で風を切って歩き、粋がっていた自分は今、目の前で困っている内間一人助けられない。どころか、自分は公費で生かされている。

何もできない自分が歯がゆく、情けなくて、つい詫びが口を衝《つ》いた。

「おまえ、ここまでの交通費も大変だったんじゃないか？」

内間に訊く。

「それは、楢山さんが出してくれたんで大丈夫です」

「何かあったのか？」

巌は訊いた。

遠方への移動の自粛が求められている中、わざわざ面会に来たのには理由があるということくらい察しはつく。

内間の表情が険しくなった。

「務めてる巌さんに聞かせる事じゃねえのかもしれませんが」

そう前置きし、話を続ける。

「城間尚亮っての覚えてますか？　剛と時々つるんでた」

「城間？　ああ、四回戦ボーイのインファイターか」

巌の言葉に、内間がうなずく。

「何やってんだ、あいつ。顎いかれて、ボクシングはやめたと聞いたことはあるが」

「今、松山の風俗店を締めまくってます」

内間が言う。

巌の眼光が鋭くなった。

「城間のグループは、店のオーナーらを拉致して、暴力で脅し、共同経営者として名を連ねることでみかじめ料を合法的に取っているようです」

「知恵あるじゃねえか」

巌の声が太くなる。

「裏で糸引いてるのは、伊佐のようです」

「伊佐？　元座間味のか？」

巌が訊く。

内間は首肯した。

「何を企《たくら》んでやがる」

「おそらく、島へ戻るための土台を作りてえんだろうと、楢山さんたちも言ってます。そっちは、組対が動いてるみたいなんで任せてるんですがね。問題は城間です。城間は、松山でこう触れ回ってるそうです。巌さんが出所するまでに渡久地ブランドを復活させる、と」

「まだ、そんな寝ぼけたことを言うバカがいたのか……」

巌はうなだれ、顔を横に振った。

「バカに言ってやれ。俺にそんな気はさらさらねえと」

「それが、事はそう単純じゃねえみたいでしてね。昨日、楢山さんから聞いたんですけど、泰が入ってる福岡の更生施設で、爆発事故があったそうです」

内間の話に巌の眉間が険しくなる。

「そこに伊佐が姿を見せていたという話もあります」

「伊佐が俺の名前や兄弟を使って、絵図描いてるってことか？」

「聞いた限りでは、そんな感じですね」

「あのガキ……」

巌は拳を握って、歯嚙みした。

「泰は？」

「詳しいことはわからねえんですが、病院に運ばれたって話は聞きました」

「泰にまで手を出したってえのか」

巌のこめかみに血管が浮かんだ。

「落ち着いてください。泰の様子は、ここの帰りに見てきますから」

内間はあわてた。

巌のこめかみがヒクヒクするのは、怒りが増している時だ。その後、顔が赤くなると怒りが一段増し、蒼くなって目が据わると、もう誰にも止められない最終段階に突入する。

アクリル板越し、受刑者の身である巌が暴れるわけないとわかっているが、久しぶりに凄まじい怒気に触れ、鳥肌が立った。

「で、楢山さんからの伝言です。城間に手紙を書いてくれと」

「あ？　ガキじゃねえんだぞ、こら」

「聞いてください！　伊佐はともかく、城間は巌さんに憧れていて、巌さんの言うことなら聞くはずです。城間を止めりゃあ、伊佐が島に戻ってくるための足場も作れねえ。そうすりゃ、渡久地ブランドの復活だの、泰をどうこうするということはなくなるんじゃねえかって話です」

「何、トロい話をしてんだ。伊佐も城間もぶち殺しゃいいだろうが」

「巌さん！　塀の中ですよ！」

内間は声を張った。

巌は我に返った。全身を包んでいた怒気がすうっと引いていく。

「俺、巌さんが変わろうとしてんの見て、感動して、俺も変わんなきゃと思って、本読むようになりました。竜星は相変わらずがんばってるし、真昌は本気で警察官目指してるんです」

「あの真昌が、か？」

思わず、巌の顔に笑みがこぼれる。

「マジもマジ、大マジでポリになりたいみたいです。がんばってますよ、あいつ」

「そうか。真昌がなあ……」

目を細める。

「金武さんも道場の再建にがんばってる。俺の周り、がんばってるヤツばかりです。でも、心地いいんですよ。みんな、デケえ場所に踏み出そうとしてる。腕力じゃなくて、頭使ってがんばろうとしてる。拳振るって、ちっせえ溜め池の中で勝った負けたと言ってた頃の自分が恥ずかしくなっちまいました」

「そうだな」

巌は自戒するように目を閉じた。

「もう、巌さんは拳を見せつけて相手をねじ伏せるようなところに戻らなくていいんですよ。いや、戻っちゃいけねえ。そこに戻らねえ巌さんの背中を、俺も追うつもりです」

巌をまっすぐ見つめる。

眼を開いた巌は、内間を見つめ返した。

「楢山さんに言っといてくれ。すぐ、城間に宛てた手紙を書くからと」

巌の表情から気負いが抜けた。

内間の顔にも自然と笑みが滲む。

「中身は?」

「巌さんに任せるそうです。送り先は看守の先生に伝えときますんで」

「わかった。泰の様子だけは見に行ってやってくれ」

「任せてください」

内間は大きくうなずき、胸を張った。

3

泰が目を覚ますと、カーテンに仕切られたベッドの上に寝かされていた。

顔に酸素吸入マスクが被せられ、腕には点滴の管が刺さっていた。あちこちに白いガーゼが貼られていたり、包帯が巻かれていたり。胸元には心電図の端子《たんし》も付けられていた。

頭がぼんやりとする。木内や湯沢と怒鳴り合っている光景がちらちらと脳裏をよぎる。

そして、爆発した瞬間と飯嶋の姿が浮かんだ瞬間、泰はバチッと眼を見開いた。

「先生!」

起き上がる。

全身に痛みが走る。心電図の端子が外れ、機械からアラート音が鳴った。

すぐさま、看護師が駆け込んできた。

「渡久地さん、大丈夫ですか?」

カーテンを開ける。

泰は点滴の管を抜き、酸素マスクを外して、ベッドを降りようとしていた。

「いけません!」

看護師が駆け寄って、泰を抑える。

「先生が! 飯嶋先生が!」

泰は上体を揺さぶり、看護師を振り払おうとする。

看護師は泰を制止しながら、ナースコールを押した。新たに二人の看護師が駆け込んでくる。

男性看護師が泰の両肩を押して、ベッドに押さえつけた。

「離せ、こら!」

さらに暴れる。

「まだ、動いちゃいけない!」

「うるせえ! 離せ!」

泰は手足をバタバタとさせた。

ガーゼが剝がれ、包帯に血が滲む。

また別の看護師と共に医師が入ってきた。看護師がトレーに載せていた注射器を取り、泰の腕に針を刺す。すばやく注入した。

男性看護師は泰が起き上がらないよう、必死に押さえつけていた。

一分が過ぎると、泰の体から急激に力が抜けた。眉間に寄っていた皺が取れ、吊り上がっていた目尻がとろんと下がる。

「何したんだよ……」

「鎮静剤を打っただけだ。まだ、激しく動いてはいけない。傷が開く」

白髪まじりの壮年男性医師がベッドの傍らに立ち、微笑みかけて話した。

「君の体には無数のガラス片やコンクリート片が刺さっていたんだよ。すべて取り除いたがね。火傷《やけど》もある。君は覚えていないだろうが、事故に遭ってから今日で三日になる」

医師が話している最中に、看護師たちは点滴を刺し直したり、心電図を再び取り付けたりしていた。

「三日も寝てたんか、俺……」

「そう。でも、よく戻ってきた。もう大丈夫だ。まだ、無茶をしてはいかんがね」

医師が笑みを深くする。

「先生は？」

「飯嶋さんのことかな？」

医師の言葉にうなずく。

「今、集中治療室で戦っている」

「大丈夫なんか？」

「飯嶋さん次第だろうね。しかし、診ている限りは、飯嶋さんの生きようとする気力は衰えていない。必ず持ち直すと、私は信じている」

医師は語気に力を込めた。

医師が希望を語るということは、飯嶋の容体《ようだい》が決して良くないことの証左だ。

「飯嶋さんのことは我々に任せて。君は、今は自分の体を治すことに集中しなさい。君が元気になった姿を見せれば、飯嶋さんもさらに生きる力を取り戻す」

「……先生をお願いします」

眠気が襲ってくる。

医師は首肯した。

「少し寝なさい」

そう言って、病室を出て行く。看護師たちも様子を確認し、一人、また一人といなくなった。

仰向けになった泰は天井を見つめていた。視界が時々ぼやける。

「先生……」

飯嶋のことが心配でたまらないが、瞼《まぶた》を閉じるとそのまま深い眠りに落ちた。

4

木内と湯沢は、城間の部下と共に散々飲み食いをし、上機嫌で帰ってきた。

桑江に案内されたビル二階の部屋に入った。ベッドが二つ用意されていた。各々、一つのベッドに寝転がる。

木内はテーブルにあったウイスキーのボトルを取って、仰向けに寝転んで、口から酒があふれるのもかまわず、ボトルごと傾け、飲んでいた。

「なんか、面倒なことになったけど、このままここにいられるなら、結果オーライだな」

木内は言って、口を拭った。

「そんなに甘いかなあ」

湯沢はベッドの縁に座り、両手の指を組んで握り締めた。

「甘いも何も、火を点《つ》けろと命令したのは、あの伊佐って人だ。俺たちがしゃべっちまえば、あの人もただじゃすまねえ」

「そりゃそうなんだけど……」

落ち着かない様子で手を揉む。

「なんだよ。俺にやらなきゃとハッパかけた時の勢いはどうしたんだよ。もう、ここまで来たらどうにもならねえ。遊ばせてもらって、金稼いで、とっとと逃げりゃいい」

木内がまた酒を呷《あお》る。そのボトルが小さく揺れている。

酔いに任せて威勢のいいことを口にしているが、木内の不安は手に取るようにわかった。湯沢も同じ気持ちだ。

伊佐からの命令だろうから歓待してくれたのだろうが、にしても、城間たちの愛想が良すぎるところが気に掛かる。

裏社会に生きる者が愛想を良くする時は、何かある時だ。不良どもの不自然な笑顔には、散々煮え湯を飲まされてきた。

「木内、逃げるか」

湯沢がぼそりと言う。

木内はボトルを握ったまま、上体を起こした。

「逃げるって、どうやって？」

「もう少し飲みてえとかなんとか言って、ここを出ちまえば、なんとでもなる」

「どこに行くんだよ」

「どこだっていい。ともかく、連中の目の届かねえとこに隠れて、船にでも潜り込みゃ、沖縄を出られる。本州に戻りゃ、あいつらも追って来ねえよ」

湯沢が力説する。

木内はボトルをサイドボードに置いた。ベッドの上で胡座《あぐら》をかいて、何度も何度も手を握り締める。

「おまえも感じてるだろ。なんか、へんな空気みてえなの」

湯沢が押した。

「まあ、な」

「やべえ勘は当たるぞ」

湯沢が立ち上がった。ドア口へ向かおうとする。

「待て待て。もうちょっと飲みに行きてえとか言っても、連中に丸め込まれたらしまいだろ？ そんなのが通用する相手じゃねえよ、あいつら」

「逃げねえのか？」

「ちげーよ。本気で逃げるならよお」

木内はベッドを降りた。

「やるしかねえだろ」

サイドボードに置いた飲みかけのボトルをつかんだ。

湯沢の顔が強ばる。

「逃げてえんだろ？ 俺もだよ。やるかやられるか、上等じゃねえか」

木内は気付けにボトルを傾けた。口辺から酒があふれる。

手の甲で拭い、湯沢を見やる。その両眼は血走っていた。

酔いもあるとはいえ、木内は穏やかならぬ狂気を滲ませていた。

湯沢は生唾《なまつば》を飲み込んだ。

「やるのか、やらねえのか。どうすんだ」

木内は湯沢を睨んだ。

まるで、更生施設に火を点ける前の自分を見せられているようだった。

「……わかった。やろう」

湯沢はテーブルに置かれていたクーラーボックスに刺さった金属製のマドラーを取った。

細長いマドラーを握り締める。

木内がドアを見据え、ずんずんと歩いていく。湯沢も続いた。

ドアを開けた。まっすぐ続く廊下の先を右へ曲がったところに玄関がある。

木内は周囲を警戒するでもなく前進する。湯沢は周りを見回しながら、木内にピタリと付いて進んだ。

誰かが出てくる気配はない。このまま、仲松や桑江と出くわさず外へ出られることを、湯沢は願った。

鼓動が耳の奥を揺るがすほど鳴っている。湯沢の神経は張り詰め、知らぬ間に額や首筋が汗でびっしょり濡れていた。

木内が歩を早めた。一足先に廊下の突き当たりを右へ曲がる。

行けたか！

湯沢の頬が緩んだ瞬間だった。

骨を打つ音が聞こえたと同時に、目の前を人影がよぎった。突き当たり左にある広間へのドアに何かがぶつかる音が響いた。

湯沢は足を止めた。

廊下の先を見つめる。

右手からぬらっと大きな影が現われた。ゆっくりと顔を向ける。

城間だった。湯沢を睨む。拳は固く握られていた。

「メシまで食わせてやって世話してんのに、こっそり逃げ出そうとするとはな。これだから、内地の人間は信用ならねえ」

眼光がさらに鋭くなる。

湯沢は震え、持っていたマドラーを落とした。

城間はちらっとマドラーに目を落とした。

湯沢はその隙を見逃さず、城間の方へ突進した。一か八か、体当たりをして城間を弾《はじ》き飛ばし、逃げようと思った。

湯沢は腰を落とし、顔の前で腕をクロスして、城間にぶち当たった。

城間が揺らぐ……はずだった。

が、湯沢の全身がピタッと止まった。

城間はびくともしなかった。湯沢を腹筋で受け止め、仁王立ちしている。

「根性あるじゃねえか」

城間の声が耳の奥に響いた。

血の気が引いていく。

目の端が木内の姿を捕らえた。ドアを背に崩れ落ちている木内の顔面は、砲丸を間近で打ち込まれたように鼻を中心に凹《へこ》んでいた。流れ落ちる血が床に海を形成している。

城間は湯沢の髪の毛をつかんだ。顔を上げさせる。

湯沢は震えが止まらなくなり、両膝から崩れた。

「すみません……すみません！」

口からは自然と謝罪がこぼれ、目からは涙があふれて止まらない。失禁し、ズボンが生温かく濡れた。

「もう逃げませんし、なんでもしますから、許してください！　許してください！」

不様に叫んでいた。だが、命乞いをせずにはいられなかった。

長い間、アウトローまがいの道を歩いてきたが、今ほど心底恐ろしいと感じたことはない。

「許してください。お願いします！」

もう木内は見えていない。自分の命を守ることだけに必死だった。

「なんでもするんだな？」

「はい、なんでもします！」

「そうか」

城間がにやりとする。

髪の毛から手を離し、腕をつかむ。

「立て」

城間に命令され、湯沢は急いで立ち上がった。膝が抜けそうになるが、なんとか踏ん張る。

「運動不足で体が鈍ってんだ。ちょっと、トレーニング付き合ってくれるか？」

「俺でよければ、付き合います」

「そうかそうか」

笑顔で肩をぽんぽんと叩く。

「仲松！」

「はい！」

広間の方から声がした。

廊下に転がった木内を気づかうこともなく、強引にドアを押し開ける。木内の首が折れ曲がり、血のオイルにすべって、ずるずると廊下に沈む。

仲松は木内を一瞥すると、顔を踏みつけた。びしゃっと鮮血が四散《しさん》した。

「なんですか？」

「こいつが、俺のトレーニングに付き合ってくれるってんだ」

「それはそれは」

仲松が片笑みを滲ませる。

「地下のリングを用意しろ」

城間の言葉を聞いて、湯沢の脳みそは卒倒しそうなほど揺らいだ。

5

泰が目を覚ました。ベッドサイドに人の気配を感じる。

首を傾けた泰の目が、かすかに微笑んだ。

「内間さん」

「よっ」

内間は右手を上げ、笑顔を返した。

「わざわざ来てくれたんですか？」

「巌さんの面会に行った帰りさ。巌さんから見に行ってやってくれと言われたんでな。俺も心配だったし」

「すみません……」

起き上がろうとする。

「あー、そのまま寝てるさー。あんべーやちゃーやん？」

具合はどうだ、と訊く。

「なんくるないさ」

「それならよかった。でもまあ、無理せず、しっかり治すんだぞ」

「はい」

泰は首肯した。

「ところで、ちょっと訊きたいんだけどさ」

「なんです？」

「おまえが更生施設にいた時、伊佐が会いに来なかったか？」

内間はストレートに訊いた。

泰の笑みが強ばった。

来てたのか。内間は、その表情で察した。

が、泰は、

「来てません」

と返した。

「本当か？」

じっと泰を見つめる。

泰は顔を傾け、目を逸らした。

「本当です」

「そっか。わかったさー」

内間は太腿をパンと叩いた。

泰がびくりとする。

「一応、おまえにも話しとくぞ。伊佐は、城間を使って、島での復権を狙ってる。城間は知ってるな？」

「はい」

泰の返事に、内間がうなずく。

「城間は今、松山の風俗店を次々と自分の傘下に収めてる。そして、ある野望を抱いてる。渡久地ブランドの復活」

内間が言う。

泰の黒目が泳いだ。

この話も知っているのか。内間は泰の表情の変化で、真実を探った。

「おまえのところに伊佐が来たら、その話を持ちかけるかもしれないが、絶対に乗るんじゃねえぞ」

「そんな話には乗りませんよ」

泰が笑顔を作る。

あまりに不自然な笑みを見て、内間は目を細めた。臆病で嘘のつけない性質は変わっていないようだ。

「それがいい。巌さんに会って、この話をしたら、塀の向こうにいるのに、伊佐も城間もぶち殺してやると、すごい顔して怒ってたからな。巌さんが出てきて、もし渡久地組なんてのができてたら、みんな、マジで殺されるさー」

内間は笑いながら言う。

泰はぶるっと震えた。

巌が本気で怒った時の怖さは、誰よりも知っている。

巌は元々、渡久地の名前を使われることを嫌っていたし、徒党《ととう》を組むことにも嫌悪していた。

内間の言うように、もし渡久地の名前で組織を起ち上げていたら、自ら潰しにくるだろう。

　伊佐の話を思い出す泰に動揺は隠せない。

「今なあ、巌さんはムショの中でたくさん本を読んで、勉強してる。俺も巌さんに当てられて、本を読むようになった」

「内間さんが？」

　目を丸くする。

「俺だって、本くらいは読めるさー」

　内間は笑った。

「なんか、周りがみんな、ちばってるからさー。俺もなんかやらなきゃなあと思ってな。楽しいぞ、そういう生活。おまえも島に戻ってきたら、一緒にちばろうさ」

　そう言い、立ち上がる。

「飛行機の時間があるからさ、もう行くよ。おとなしくしてるんだぞ」

「はい。ありがとうございました」

「なんかあったら、すぐ俺に連絡してこい」

　内間の言葉に、泰が首を縦に振った。

　内間はうなずき返し、病室を出た。

「にーにーが怒ってるのはまずいな……」

泰はつぶやき、両手を握り締めた。

内間は病院を出て、泰の病室がある階を見上げた。

「伊佐が来てんなあ……」

眉間に皺が立つ。

少し、泰の周辺を監視しておいた方がいいかもしれない。

スマートフォンを取り出した内間は、楢山に連絡を入れた。

伊佐は泰に面会しようと病院を訪れた。

駐車場の一番奥にバイクを停め、ヘルメットをハンドルに引っかけて玄関へ向かう。

と、建物を見上げて、電話している男の姿を認めた。

「……あれは」

車の陰に身を隠し、男を見据える。

「内間が来たってことは、警察関係者が動いてるということか」

つぶやき、奥歯を噛む。

巌が刑務所に入って以降、内間が楢山や金武と懇意になり、親しくしていることは調べが付いていた。

思考を巡らせる。

伊佐は内間に目を向けたまま、スマートフォンを出した。

仲松の番号を出し、タップする。二コールで相手が出る。

「もしもし、俺だ。友達と話しているふうを装え」

伊佐が指示をすると、仲松はフランクな口調で返事をした。

「そっちのポリの動きを調べろ。それと、ちょっとしたことでも妙なことがあったら、すぐ俺に連絡しろ。わかったな」

話しながら、伊佐は内間を睨んだ。

6

湯沢はリングのコーナーにもたれていた。

顔は原型がわからないほど腫れ上がり、裸にされた上半身やズボンには、血がこびりついていた。リング場にも血痕や折れた歯が散見される。

トレーニングルームと称される部屋は地下にあった。

腹筋台やダンベル、サンドバッグなどが置かれていて、リング脇の棚にはヘッドギアやグローブ、ミットにメディシンボールもある。

一方で、トレーニングには似つかわしくない酒のボトルが転がっていたり、ダーツがあったり、ポルノ雑誌やＤＶＤが散らばっていたりもする。

薄暗い照明が、部屋の怪しさを一層醸《かも》し出していた。

湯沢は、昨晩この部屋に連れ込まれ、スパーリング相手をさせられていた。

もう、何時間、何度相手をさせられたかわからない。今が昼なのか夜なのかもわからない。

殴られ続けた顔や腹はジンジンと痺《しび》れたままで、もはや感覚もなくなっている。立ち上がる気力もないが、部屋に城間が顔を出した時は無理やり相手をさせられる。

城間の拳は鋼鉄のようだった。顎やこめかみにもらうと一発で意識がなくなるほど強烈だ。

初めのうちは、頬に軽くフックを食らっただけで気絶していたが、城間もそれではおもしろくないというので、意識が途切れない程度にうまく打ち込み、湯沢を人間サンドバッグにしていた。

部屋の隅には、木内が横たわっていた。

城間の一撃を食らった木内はしばらく気を失っていたが、目覚めたら、仲松や桑江たちのスパーリング相手を強要されていた。

城間の右腕と思われる仲松という男は強い。城間のようなファイタースタイルではないが、フットワークが軽く、的確に左右の連打を打ち込んでくる。

ただ、桑江や村吉といった仲松の部下にあたる連中は、そう強い感じはしない。

おそらく、視界もほとんどないであろう木内に打ち返される場面もしばしばだ。そのたびに、強引に木内を倒し、蹴ったり踏んづけたりして憂さを晴らしている。

それはもはや、トレーニングでもスパーリングでもなく、ただの暴行だ。

湯沢は城間専用、木内は仲松や桑江たちの遊び道具にされていた。

今は城間も仲松らも出かけていて、部屋には湯沢と木内の二人だけだ。鍵も開いているが、逃げるだけの体力が残っていない。

「木内……生きてるか？」

コーナーにもたれたまま、声を絞り出す。

「なん……とか……」

倒れている木内も、掠《かす》れた声で返した。

「逃げるか」

湯沢が言う。

「立てねえ……」

「だな……」

湯沢はやるせない笑みを口元にかすかに滲ませ、大きく呼吸をした。肋骨《ろっこつ》が肺に突き刺さっているのか、息をしても空気が入ってきていないような感じがする。

短い言葉を交わすと、もう声を発する力も出なくなった。木内も同じような状態なのだろう。荒い呼吸音だけが聞こえてくる。

そのまま落ちそうになった時、ドアが開いた。湯沢はびくっとして首を起こした。

木内も動いたが、起き上がることはなかった。

塞がりそうな瞼の向こうに、城間の姿を認めた。

また、俺か……。

ぼんやりとした意識の中に恐怖が芽生え、血に染まった腕や足に鳥肌が立つ。

しかし、城間はリングに近づいてこなかった。

「あいつをこっちに連れてこい」

命令する。

桑江と村吉がリング脇から腕を伸ばし、湯沢を外へ引きずり出した。そのままずるずると引きずって、木内の横に座らせる。

支柱とロープの支えを失った湯沢は、座っていることもできず、木内の足の方にぐらりと傾き、倒れた。

「起きろ、おまえら！」

仲松が怒鳴る。

「あー、いいさ、そのままで。この画のほうが痛めつけた感じが出る」

城間は仲松を止め、スマートフォンを手にすると、二枚、三枚と写真を撮り始めた。

様々な角度から撮影し、画面で確かめた城間は小さくうなずいた。

「まあ、こんなもんだろう。村吉、こいつらを見張っとけ。遊んでもいいが、まだ、殺すんじゃねえぞ」

城間はそう言い、仲松と桑江を連れて、地下室を出た。

村吉はドア口で城間たちを見送っている。

湯沢の後頭部がコツコツと突かれた。顔を起こす。木内も顔を起こしていた。視線が合う。

木内の目の奥にある言葉が、湯沢にひしひしと伝わってきた。それは、同じ思いだ。

城間は出ていく間際、こう言った。

まだ、殺すんじゃねえぞ。

この〝まだ〟という言葉が、湯沢と木内に無情の現実を突きつけた。

ここで、なんらかのアクションを起こさない限り、ただただ死を待つだけだ。

村吉がドアを閉め、戻ってきた。

木内に近づいて、顔を覗き込む。木内は気を失ったふうを装った。

村吉は湯沢の様子を見ようと動きだした。村吉の足が木内の顔の前を過ぎようとする。

その時、木内は体を起こし、両脚に腕を巻きつけた。

村吉の体が前のめりに傾く。

湯沢は気力を振り絞り、起き上がった。村吉がすぐ横に倒れてきた。

湯沢はうつぶせに倒れた村吉の背中に胸から乗りかかり、右腕を首に巻いた。左肘裏に右手首を載せ、村吉の首を締め上げる。

村吉は湯沢の腕を掻きむしった。それでも湯沢は放さない。

木内も必死に両脚にしがみついていた。

村吉が暴れる。木内の腕の力がなくなってきた。

湯沢も必死に首を絞めるが、思ったより力が入らない。

木内の腕が外れた。暴れる村吉の足底が二度、三度と木内の顎を蹴り上げた。木内は天を仰いだ。口から大量の血が噴き出す。

「木内！　くそったれが！」

湯沢は怒り、残った力をすべて注いで、腕に力を入れた。力こぶが盛り上がり、筋を立てた。

瞬間、村吉の首が鈍い音と共に九十度に折れ曲がった。小さく呻いた村吉の瞳孔《どうこう》が開く。

一気に村吉の体から力が抜けていく。

湯沢は村吉から腕を放した。村吉の首が床に落ちる。白目を剥いて宙を見据え、口から血の混じった涎を垂れ流していた。

湯沢は這って、木内の脇に来た。右手のひらを伸ばして、頬に手を当てる。

「木内……」

冷たくなっていた。

手のひらを首筋に動かしてみる。脈はない。

湯沢は木内の首を握り締め、血にまみれた胸元に額を当てた。

「すまねえ……すまねえ」

涙が溢れた。肩が震える。

伊佐に施設への放火を命じられた時、つまらない根性を見せなければよかった。あの時、素直に怯えて、木内と共に逃げていれば、まだ生きていただろう。

「許せ、木内……」

手のひらで血まみれの顔を撫《な》で、上体を起こした。

死んでしまった者は、もう戻らない。ただ、このまま逃げ回るのも悔しい。

「おまえの仇《かたき》だけは取ってやる」

ギュッと木内の頬を握り、湯沢は立ち上がった。

ふらついて、片膝が落ちる。それでも再び立ち上がって、ドア口まで来た。ノブを握って、肩で息を継ぐ。

今にも倒れそうだが、込み上げてくる怒りが気力となり、湯沢の体を支えていた。

「覚えてろよ、くそったれ」

城間たちの顔を思い浮かべて睨みつけ、ドアを開けた。

7

伊佐のスマートフォンに、城間からの画像が届いたのは午後四時過ぎだった。

内間が去ったのを確認し、その足で泰の面会に訪れた。

カーテンから顔を覗かせると、仰向けに寝ていた泰の目が強ばった。

「そんな顔するなよ」

サングラスの下に笑みを滲ませる。

伊佐はパイプ椅子を出して開き、ベッド脇に座った。

「どうだ、調子は？」

「悪くないです」

答える泰は、伊佐の方を見ていなかった。

「おまえがかばった施設の先生、重傷だががんばってるらしいな」

飯嶋の話を出すと、泰の頬がピクッとした。

「俺もまさか、あのガキどもが逆ギレして火を放つとは思いもしなかったよ。近頃のガキどもはこえーな」

「あんたが——」

泰は振り向きざま、伊佐を睨みつけた。

が、伊佐に睨み返され、すぐまた目を逸らした。

「俺がなんだ？」

「いえ、なんでも……」

顔をうつむける。

「おまえも悔しかっただろうよ。クソガキに舐《な》められて。俺もこんなことされちゃ、メンツが立たねえんでな。とりあえずは、こうしてやった」

画像を表示したスマホを、泰の顔の前に置く。

泰はスマホを取って、画面を見た。

「これは……」

目を見開く。

「とっ捕まえて、とりあえずは動けねえくらいまで痛めつけといたよ」

片笑みを浮かべる。

「どうして、あいつらが火を点けたとわかったんですか？」

泰が伊佐を見やる。

その眼差しには疑念がありありと滲んでいた。

伊佐はふっと笑った。

「おまえの施設で火事があったって話を耳にしてな。すぐに駆けつけたんだ。そこで職員の人に放火の話を聞いた。おまえが病院に運ばれたこともな。すぐにでも、おまえの所へ行こうと思ったんだが、怒りの方が増しちまってな。で、俺の仲間を総動員して、連中を捜し出して、さらったんだよ。あいつら、まさか見つかるとは思ってなかったらしい。泣き喚《わめ》いて土下座したが、おまえがやられてるんだ。許さなかった」

「殺した……んですか」

恐る恐る訊く。

「まだ、死んでねえ。どうする？」

「えっ？」

泰が聞き返す。

「おまえが殺《や》れってんなら、すぐにでも刻んでやるぞ」

「殺れって……」

「どうなんだ?」

伊佐が迫る。

泰はどう返事をしていいのかわからず、戸惑った。

「おまえ、入院までさせられて、腹立たねえのか?」

「そりゃあ、腹立ってますよ」

「剛だったら、なんて言うと思う?」

「許さねえ、刻んでやる、と言うでしょうね」

「そうだな。巌さんだったら?」

「巌にーにーなら、ぶち殺すと言うでしょう」

「だろうな」

伊佐が何度もうなずく。

「でも、今の巌にーにーは、そこまで切れないかもしれないですよ」

「なぜだ?」

怪訝そうに片眉を上げる。

「刑務所内でいろいろ勉強しているみたいです。前に進もうとしてがんばってると」

「誰がそんなことを言ったんだ?」

「それは――」

内間と言いそうになり、口を閉じた。

伊佐が蛇のような目でじっと見つめてくる。

息苦しくなり、再び顔を背けた。

「まあいい。巌さんが変わろうとしているなら、俺も歓迎だ。そういう生き方もあるからな。俺はそっちには付き合えねえが」

伊佐がトーンを和らげる。

泰は少しだけ息苦しさから解放され、掛け布団が上下するほど大きく深呼吸した。

「そんなことはどうでもいい。どうする、この二人？　許していいのか？　おまえが守った先生が死んでも」

「先生が死んだら許さねえですよ」

語気が強くなる。

「あいつら、言ってたぞ。渡久地なんか怖くねえって。剛も巌も知らねえ。沖縄の田舎もんのことなんか知らねえ。泰の兄弟だからたいしたことねえだろうって」

「ホントっすか、それは……」

「渡久地渡久地って言うけど、沖縄でもたいしたことねえんじゃねえかってよ」

伊佐が言う。

泰は拳を握った。

「渡久地を舐めんじゃねえ！」

　つい、声を荒《あら》らげた。

「そこまで舐められてたんだよ。それでも許すってのか？　ぶち殺してえと思わねえのか？」

「目の前で聞いたら、ぶち殺してたかもしんねえですよ」

　手の甲が白くなるほど拳を握り締め、震えた泰だったが、ふっと力を抜いた。

「かもしれねえけど、もういいですよ。あいつらを放してやってください」

「許すのか？」

「許すとか許さねえじゃなくて、もう関わりたくないんですよ。伊佐さん。伊佐さんにはつまらねえのかもしれないですけど、俺、もう殴っただの殴られただのの世界に戻りたくないんですよ。渡久地の復活もどうでもいい。普通に生きてみてえんです」

「剛の仇も取らねえってのか？」

「あれは、俺たちが悪い。あいつの母ちゃんをさらっちまったから、竜星が怒った。タイマンはともかく、あそこまでやられたら、俺でも怒る。無茶した報いです」

「すっかり、牙《きば》が抜けたようだな。だが、いい顔してる」

　伊佐は微笑み、スマートフォンを取った。

「そんな穏やかなおまえの顔を見るのは初めてだ。写真撮っていいか？」

「どうしてです？」

「剛に見せてやりてえ。少し大人になったおまえの顔を見せてやりゃあ、剛もこっちに戻ってくるかもしれねえ。拘束具にまかれて、涎垂らしてそのままってのは、俺もやりきれねえからな。おまえもその体じゃ、しばらくは会いに行けねえだろうし。そうだ、写真じゃなくて、動画でいいか？　剛に言ってやれ。渡久地だの復讐だの許せねえだのってのに囚《とら》われるなってな」

「俺、起き上がれないですよ」

「かまわん。そのままでいい。撮るぞ」

伊佐は立ち上がって、上からスマホのカメラを向けた。

泰は少々照れくさかったが、今の素直な気持ちをカメラに向かって口にした。

録画が終わる。

「うん、いいメッセージだ」

伊佐はスマホをポケットに突っ込んだ。

「おまえの気持ちはわかった。もう、渡久地の復活はあきらめるよ。ただ、昔なじみの先輩としてはおまえのことが心配だから、たまに見舞いに来てもいいか？」

「ぜひに」

泰が笑顔を見せた。

伊佐はうなずいた。

「剛にこれを見せたら、その様子をまた知らせに来るよ。無理はするなよ」

「はい、ありがとうございます」

強ばっていた泰の顔は、安堵《あんど》したように弛《ゆる》んだ。

伊佐は右手を上げ、病室を出た。

「普通に生きてみてえ、か」

泰の言葉を思い出し、鼻で笑う。

ロビーに降りて、玄関へ向かう途中にスマートフォンを出し、あるところへ電話をかけ始めた。

「おう、伊佐だ。ちょっと、急ぎで仕事してほしいんだがな。ああ、今から行く」

伊佐は表に出て、泰の病室のある階を見上げた。

おまえには、まだ働いてもらうぞ――。

心の中でつぶやき、ほくそ笑んだ。

8

島袋は、午後七時過ぎに久茂地にある知り合いの居酒屋を出た。

軽く一杯やり、食事をしただけだ。同行者はいない。

沖縄県内も新型コロナウイルスの感染者増加で飲食店の時短要請が出ていた。今はまだ午後十時までだが、この雰囲気では、早晩、内地の都市部と同じように午後八時までという規制がかかるだろう。

島袋自身、指導者としての実入りも減り、決して裕福ではないものの、困っている仲間を少しでも助けたいと、週に一、二回、知り合いの店を回っている。

それにしても、一人で飲む酒は味気ない。

これまで、ゆんたくさながら、大勢でテーブルを囲んでわいわいやっていただけに、時折マスクをしながら店主と小声で話し、チビチビ飲む酒では、酔うに酔えなかった。

そのせいか、体調はずいぶんいいが、それも痛し痒《かゆ》しだった。

「もう一軒くらい、行こうかねー」

歩きながらつぶやく。

明かりの点いている店を見て回る。

しかし、今一つ、もうひと飲みしようという気分が高まってこない。

はしごしたい気持ちはあるものの、万が一、罹患《りかん》してしまったらという不安もある。

今、金武や楢山を始め、師範たちは、新しい道場の建設に向け、奔走《ほんそう》している。道場の再開に合わせ、感染防止対策を施しながら、生徒たちを集め、指導を始めているところでもある。

　その矢先、コロナに感染してしまったら、せっかくの再開の機運に水を差すことにもなりかねない。

　金武や仲間たちは、島袋が友人知人の店に行くことを認めてくれてはいるが、自分たちは節制して、飲み歩くことはしない。

　昔のように、道場や安達家に集まって、大勢で飲むことも控えている。安達家には、受験生の竜星もいるので、万が一にもコロナに感染させるわけにはいかない。

　我慢我慢の毎日だが、これぱかりは仕方がない。

　島袋は一つ息を吐いて、うつむいた。

「帰ろうねー」

　自分に言い聞かせ、国際通りを横切って、壺屋《つぼや》やちむん通りをとぼとぼと歩く。

　ここは、地元の陶器店が並ぶ観光客にも人気の通りだ。が、観光客が激減した今、日が暮れる頃には店もシャッターを閉じ、閑散としていた。

　ひと気のない道を歩いていると、造成中の空き地の奥で咳《せき》が聞こえた。ひどい咳き込み方で、何かを吐き出すような音も聞こえる。

　敷地を覗いてみた。暗い敷地内にはショベルカーや資材が置かれていて、人の姿は見えない。

島袋は不審に思い、そろそろと敷地内に入った。

咳が止まった。無理やり止めたようだ。すぐにくぐもった咳が聞こえてくる。

資材の裏だ。

島袋は足音を忍ばせ、そろりそろりと近づいた。街灯の明かりを受け、影が伸びる。

両手の拳を軽く握り、資材を回り込む。

と、いきなり、石が飛んできた。警戒していた島袋は背を反らし、石つぶてを避《よ》けた。

正面を向く。

血だらけの若い男が角材を握って立っていた。目を剝いて、島袋を睨みつける。

しかし、男は両肩を大きく上下させ、激しく呼吸をしていた。口辺からは血が垂れ落ちる。細い角材すら持ち上げているのが辛そうで、体が揺らいでいた。

島袋は拳を解いた。

「にーにー、どうしたね？」

「ほっとけよ」

男が声を絞り出す。掠れていた。

「ほっとけって、死にそうじゃないか」

島袋が呆《あき》れ笑いを浮かべる。

「関係ねえから、消えろ！」

男は角材を振り上げた。しかし、力がなく、スローモーションのようだ。よたよたと島袋に殴りかかってくる。

「しょうがねえなあ……」

男に歩み寄った。

男が角材を振り下ろす。

島袋はなんなく左手で受け止めた。

「ちょっとカンベンな」

右の拳を固めて、懐に突きを入れた。

男が目を剝いて呻いた。口に溜まった血が吐き出て、島袋の顔や服を濡らす。

男はゆっくりと前のめりに傾き、顔を島袋の右肩に乗せた。そのまま膝から崩れ落ちそうになる。

島袋は右腕を腰に巻き、男の体を支えた。

「まいったな」

男を支え、渋い表情を覗かせた。

どこの誰かもわからない男の血を浴びてしまった。もしも、この男が新型コロナウイルスの罹患者なら、確実に移ってしまう。

といって、見るからに死にそうな男を放っておくわけにもいかない。

ズボンの後ろポケットに手を伸ばし、スマートフォンを取り出す。金武の番号を出し、連絡を入れようとしたが、手を止めた。

「そっかー。もしもがあるねー」

金武の番号はいったん画面から消し、佐々野悠仁《さ さ の ゆうじん》という名前を表示した。通話ボタンをタップして、耳に当てる。

「……もしもし、島袋です。先生、今どこにいるね？　うん……糸満ね。ちょっと内緒で診てほしいのがいるからさー、三十分後くらいにうちに来てほしいんだけどさ。え？　ケンカとかじゃないさー。細かいことはあとで。大丈夫だと思うけどさ、コロナの危険もあるから、防護服着てきてもいいさ。任せる。じゃあ、待ってるさー」

用件を伝え、電話を切った。

「仲間を呼んだのか……」

男が耳元で言う。

「医者を呼んださ。今から、俺の家に行くからさ。歩けるか？」

「世話には……ならねえ」

「俺の寝覚めが悪いんさ、このフリムンが」

馬鹿者と言って笑う。

「歩けそうにないな。しょうがねえ」

島袋は屈んで、右肩に男の腹を乗せた。男の体がくの字に折れる。そのまま立ち上がると、男の体が肩に乗った。

「放……せ」

抵抗しようとするが、手も足も動かせないほど弱っている。

「暴れるな、疲れるから。人目のないとこ通っていくから、心配するな」

そう言い、島袋は造成中の空き地を出た。

第三章

1

城間は最上階の自室にいた。椅子に深くもたれ、脚を組んで、落ち着かない様子で足先を揺らしている。

仕事を終えて戻ってきた時、地下室には二つの屍《しかばね》があり、湯沢が姿を消していた。死んでいたのは、木内と村吉。何があったか想像は付くが、湯沢も木内も、もう動けないだろうと油断したのがまずかった。

二人の遺体はすぐに桑江に手配させ、運び出し、城間グループが所有している北谷《ちゃたん》の私有地に埋めに行かせた。

湯沢に関しては、今、仲松が仲間を集めて捜し回っている。

リングのロープをつかんでも立ち上がれないほど弱っていたので、そう遠くには行っていないはずだが、仲松から見つけたとの連絡はまだない。

発見が遅れて、警察に保護されると厄介だ。なんとかその前に見つけたいが……。

スマートフォンが鳴った。画面を見ず、すぐに出る。

「俺だ」

──威勢がいいじゃねえか。

伊佐の声だった。

ぎくりとし、スマホを握り締めた。

──三日後、そっちに戻る。変わったことはないか？

「はい、特には」

城間はつい、嘘をついてしまった。

正直に話せばいいことだった。しかし、湯沢の行方がわからない現状を伝えるのは、少々気が引けた。

伊佐は電話の向こうで黙っていた。まるで、城間の腹の底を探っているようだ。

城間の手にじわりと汗が滲む。

──そうか。なら、いい。

伊佐の言葉にホッとする。

割り込み電話の通知音が聞こえてきた。すぐにでも出たいが、伊佐に悟られそうで我慢する。

五コールくらい鳴って、電話は切れた。

――出迎えとかはいらねえ。そっちに直接行くから、他の者には黙ってろ。

「わかりました」

城間が返事をすると、伊佐は通話を切った。

城間は通話記録を出した。仲松からだ。すぐに折り返す。ワンコールで仲松が出た。

――城間さん、湯沢の動向が少しわかりました。

「どこにいる？」

――それが、ちょっと厄介なことになってまして……。

仲松のトーンが沈む。

「何があった？」

――いろんな情報をまとめてみると、どうやら、金武のところの島袋が、湯沢をどこかへ連れて行ったみたいなんですよ。

「金武か……。面倒だな」

城間がつぶやく。

仲間を引き連れて、金武のところへ殴り込むのはかまわない。金武が強いのは知っているが、戦えない相手ではない。

だが、金武のバックに楢山がいるのは問題だ。

楢山も敵ではないが、ヤツをやれば、その後ろには警察が控えている。元県警の刑事がやられたとなれば、警察も本腰を入れて、自分たちを潰しにかかるだろう。

「湯沢は金武のところに運ばれたのか？」

――いえ、仲間に確認に行かせましたが、それはないようです。

「ということは、まだ島袋一人で湯沢を抱えているということだな」

――おそらく。

仲松が言う。

「島袋のヤサを探せ。見つけたら、ぶっ込んでさらってこい。湯沢もいたら、捕まえて連れてこい」

――わかりました。

仲松が電話を切った。

伊佐さんが戻ってくるまでにカタを付けとかなきゃな……。

城間は宙を睨んだ。

「まあ、これでとりあえず大丈夫だろう」

薄毛を散らかしたような頭で、分厚い丸い眼鏡を掛けた初老男性は、医療道具を詰めた黒いカバンを閉じた。

2

布団には湯沢が仰向けに寝ていた。パンツ一枚の格好にされ、全身に包帯が巻かれている。ミイラのようだ。

鎮痛剤が効いているようで、寝息を立てていた。

「ありがとねー、佐々野先生」

「まったく、おまえらとの付き合いは疲れるさー」

苦笑する。

佐々野悠仁は糸満でクリニックを開業している医者だ。もうすぐ七十歳になる。

佐々野とは島袋だけでなく、金武たちも顔なじみだ。ケンカで負傷するたびに世話になった。

この頃はみな落ち着いて、稽古でのケガがあれば診てもらう程度だが、何かの時には信頼して頼れる、島袋たちには兄貴か父親のような医者だった。

「飲みましょか？」

島袋はキッチンの戸棚から、泡盛《あわもり》のボトルを出した。

「いや、いい。血液検査も早急にしなきゃならんしな。一応、手配もしとかにゃならん」

布団の脇で、湯沢を見つめる。

「本当なら、緊急入院ものだぞ。何をされれば、ここまで半殺し状態になるんだ」

眉をひそめる。

「俺は拾っただけで、よくわからないんだけどさ」

島袋は泡盛をコップに注ぎ、一人飲んだ。

「近頃のガキどもには困ったもんだ」

「他にもこんなことが？」

「このところ、死ぬ寸前まで暴行されて運ばれてくる若者が多くなった。ヤクザじゃない。いわゆる半グレといわれる連中だろうが、普通の病院は今、コロナ対応もあってなかなか受け入れてくれんので、わしに泣きついてくる。わしも医者だから、頼まれりゃ診るが、内臓は破裂寸前、肋骨が肺を突き破りそうになっていた者もいた。ワルガキどもとの付き合いは長いが、おまえたちの時と違って、今の連中は限度というものを知らん」

憤って、口をへの字に曲げる。

島袋も、佐々野の懸念は感じていた。

松山や久茂地の知り合いの飲み屋に出かけると、見慣れない顔の若者が多くなった。自分たちも若い頃は、大人たちが出入りしていた飲み屋に押しかけ、半ば強引に自分たちの居場所にしていたところもある。

時は巡り、繁華街の店主たちの顔ぶれも半分くらいは変わった。なので、知らない者たちが多くなっても当然のことではあるが、たまに、飲み方も知らず、周りを気づかうこともなく、自宅のようにただただ飲んで騒ぐ連中に出くわす。

島袋はそのたびに注意しようとするが、店主が止める。面倒だから、と。

島袋の知り合いの店ではないが、騒ぐ新参者たちを注意したら逆ギレされ、店内を半壊《はんかい》にされたり、嫌がらせが相次ぎ、店を閉じなければならなくなったりするところも出てきているという。

特に今は、夜の街に観光客はもちろん、地元の人もほとんどいない。遅くまで飲み歩いているのは、コロナも自粛も知ったこっちゃないはぐれ者ばかり。しかし一方で、そのはぐれ者たちが落とす金が瀕死の飲食店を支えている面もある。戦後まもない社交街のような怪しく危うい無法地帯さながらの空気を漂わせている一画も現われている。

島の空気全体がギスギスし始めていることを、島袋も危惧《きぐ》していた。

「おまえや渡久地君が暴れていたときの方がマシさー。あの頃はひどいと思ったが」

佐々野が笑う。

島袋も笑ったが、今の言葉に、湯沢がぴくっと反応したのを目の端で捉えた。

「影野《かげの》君がいれば、松山や久茂地もここまでは荒れなかったんだろうけどな」

佐々野が言う。

島袋はしんみりとし、顔をうつむけて微笑んだ。

佐々野が立ち上がる。

「戻ったら一応、検査も手術もできる病院には連絡を付けておく。少しでも様子に変化があれば、すぐ、わしに連絡しろ」

「わかりました」

島袋は佐々野を玄関まで見送った。

一礼して、ドアを閉める。

部屋に戻ると、泡盛の瓶とコップを持って、湯沢の隣に座った。

「おい、おまえ、名前はなんて言うんだ？」

問うが、湯沢は答えない。

島袋はコップの泡盛を飲み干し、ひと息ついて注ぎ足した。

「さっき、渡久地と聞いて反応したな？」

　そう言うと、また湯沢の顔や肩がぴくりとした。

「おまえ、泰と同じくらいの年頃だな。関係あるのか？」

　続けて訊くと、湯沢はあからさまに顔を背けた。

「まあいい。今日は休め。隣にいるから、具合が悪くなったら、すぐ呼べよ。おまえ、死にかけだったんだからな」

　島袋は笑顔を見せ、立ち上がった。

　湯沢を見やり、引き戸を閉める。

　泰の関係なら、楢山に連絡しておいた方がいいかとスマートフォンを取る。が、少し考え、テーブルにスマホを置いた。

　とりあえず、事情を聞くまではあまり大事《おおごと》にしないほうがいいかもしれない。

　隣の部屋の様子を気にしつつ、島袋は一人ちびちびとコップを傾けた。

3

　島袋は気がつくと、床に大の字になって寝ていた。小窓の向こうは少し明るくなっている。

「しまった」

飛び起き、すぐに隣の部屋の引き戸を開ける。

湯沢は寝ていた。

「動けるわけはねえか」

自嘲《じちょう》し、部屋へ入り、布団の傍らに座る。

顔は汗だくだった。腕を伸ばして、部屋の端に放ったままのタオルを取り、傷に障《さわ》らないよう、湯沢の顔の汗を拭う。

と、湯沢が目を覚ました。

島袋を睨みつける。

「そう尖《とが》るな。どうせ動けねえんだから。体はどうだ？」

笑顔で問いかける。

「少し……楽になった」

掠れた弱い声で、ぶっきらぼうに返す。

「しゃべれるようになったか。よかった」

笑みを濃くする。

湯沢の表情が少し和らいだ。

「俺は島袋。おまえは？」

「湯沢……です」

「湯沢か。やっと、名前が聞けた。喉渇いただろ。待ってろ」

島袋は立ち上がり、隣の部屋へ行った。冷蔵庫や食器棚を開ける音がする。

そしてすぐ、戻ってきた。

手にはスポーツドリンクを入れるボトルを持っていた。

「ほら、飲め。ストローが付いてるから、寝たままでも大丈夫だ」

湯沢の右手に握らせる。

湯沢は少し首を突き出すように礼をし、ストローを咥《くわ》えて吸い込んだ。スッとしたメントールのような匂いが鼻を抜け、たまらず咽《む》せる。

「おまえ、内地の人間だな」

島袋は笑った。

「なんですか、これ」

「さんぴん茶。内地じゃ、ジャスミンティーと言うんかな？　沖縄じゃあ、みんな、緑茶や麦茶のように飲んでる。泡盛を割ってもうめえぞ。体にはいいから、飲んどけ」

勧めると、湯沢はちびちびとさんぴん茶を啜《すす》った。

慣れてくると、喉がスッキリして、呼吸が楽になってきた。

「何か食えそうか？」

「いえ……」

「まだ、厳しいか。腹減ったら、いつでも言え。たいしたものはないが、チャンプルーくらいは作ってやるからさー」

「チャンプルーって？」

湯沢が訊く。

「おまえ、島のこと何も知らないんだな。ゴーヤチャンプルーとかソーミンチャンプルー。炒め物のことだ」

「ああ」

湯沢は桑江たちに食事に連れて行かれた時、食べた物を思い出した。

同時に、地下室での惨劇を思い出し、思わずストローを嚙んだ。

「なあ、湯沢。何があった？」

島袋は訊いた。

「おまえのケガは普通じゃねえ。俺も琉球空手をやってたり、街で暴れていたりしたこともあったから、そのケガがどういうものかくらい、すぐにわかる」

じっと見つめる。

湯沢はドリンクボトルを握り締めた。所在なげに黒目が揺れる。

「おまえがヤバい連中に狙われてるなら、手助けしてやれる。俺も強《つえ》えが、俺の仲間はもっと強え。警察にもパイプがあるから、ヤバい筋との縁切りも助けてやれる」

警察と聞いて、湯沢がびくっとする。

「こうして、おまえを拾ったのも何かの縁だ。縁ってのは、人生を変えてくれるぞ」

島袋が微笑む。

湯沢は再び、ドリンクボトルを握った。おもむろに島袋を見上げる。

「あんた……島袋さんは、人生を変える縁みたいなの、あったんですか？」

緊張気味に訊く。

「あったぞ。とんでもねえ怪物に出会っちまった」

「怪物？」

「人間だけどな。俺たちが糸満でまだハンパに過ごしてた頃、すごい男に出会った」

「ひょっとして、影野とかいう人ですか？」

「先生の言ったこと、聞いてたんか」

島袋は微笑んでうなずき、続けた。

「影野竜司《りゅうじ》という男だ。強いなんてものじゃなかった。あんなに圧倒的な人は、後にも先にも竜司さんしか見たことねえ」

「そんなにすごいんですか？」

「ああ。百人が束《たば》になっても敵わないくらいの迫力をまとった人だ。一本筋がピンと立っていて、道理の通らない連中には容赦《ようしゃ》なかった。だが、普段は怒ったりもしないし、偉ぶったり強がったりすることもなかった。本当に優しい人だったよ」

「会ってみたいなあ、そんな人に。今、どこにいるんですか？」

「あそこだ」

島袋は人差し指で天井を指し、上を向いた。

「死んじまったよ」

その言葉に、湯沢は息を呑んだ。

「俺たちが手も足も出ないようなデカい敵と戦って、逝《い》っちまった。もちろん、敵を倒してな」

「すげー……」

思わず、湯沢の口から感嘆がこぼれる。

「竜司さんと出会って、俺も、俺の仲間も人生変えられちまった。本当の強さを教えられた気がしたからな」

「本当の強さって、どんなものですか？」

「うまく言えねえんだけどな。竜司さんはいつも、何かを守るために戦ってた。目の前の弱っている人のためだったり、大きくはみんなが暮らすこの国のためだったり。大事なものを守ろうとした時、人間こんなに強くなれるのかと思ったよ」

島袋が述懐する。

湯沢の胸の奥底が熱くなった。

「おまえ、泰を知ってるんだろ？」

唐突に切り出すと、湯沢の顔が強ばった。

「おまえらに何があったかは聞かねえよ。あいつがなぜ、年少に送られたか、知ってるか？」

「いえ……」

湯沢は顔を小さく横に振った。

「竜司さんの息子に手を出しちまったからだ」

「影野という人、子供がいたんですか？」

「ああ。一度も顔を見ることなく、旅立っちまったがな。その息子、竜星ってんだが、こいつがまあ、竜司さんのDNAを継いでて、とにかく強え。見た目はそこいらの優等生なんだが、いったん戦闘モードに入ると、俺でも怖いくらいのオーラを放つ。そのシャラッとした雰囲気が腹立たしかったんだろうな。泰は何度も竜星にかかっていっちゃあ、やられてたよ。ワンパンで」

島袋が笑う。

湯沢の頰にもかすかに笑みが滲んだ。泰の弱さは知っている。無様にやられる姿が目に浮かぶ。

「そこで負けを認めりゃよかったんだが、どうしても受け入れられなかったんだろうな。泰は兄の剛と組んで、やっちゃいけねえことをやっちまった」

「なんですか？」

「竜星の母親をさらったんだよ」

島袋の言葉に息を呑む。

「あいつら、母親を盾に竜星をいたぶるつもりだったんだろうが、逆にやられちまった。竜司さんのＤＮＡは、誰かを守ろうとした時には凄まじい力を発揮するからな。一瞬だったと、現場にいた連中は言ってたよ。さらに剛は竜星に刃物を向けたせいで壊されちまって、今も入院してる」

島袋は口元を引き締めた。

「泰も剛も、完膚《かんぷ》なきまでやられたが、それは自業自得だから仕方がない。だが、その一件で竜星の強さは覚醒したといえる。その後、泰の一番上の兄、巌を助けるために、単身でヤクザの事務所に突っ込んで、壊滅させた」

「なんか、スーパーヒーローの話を聞いているみたいですよ」

湯沢が笑う。

「信じられないだろうが、真実だ。やはり、竜星も、誰かを助けようとした時に力を発揮する。壊したくないものがそばにあると、人間は強くなれるんだよ」

島袋は腕を組んで、自分の言葉に満足そうにうなずいた。

「いや、でも待ってください。その竜星ってのが、なんで泰の兄貴を助けるんですか？敵じゃないんですか？」

「竜星を嫌っていたのは、泰と次男の剛だけ。長男の巌は竜星を認めていた。巌は弟たちとは違って、メチャクチャ強く、芯《しん》の通ったいい男だ」

「渡久地ブランドというのは、その人のことを言うのかな……」

「おまえ、なぜ渡久地ブランドなんて言葉を知ってんだ？」

島袋が目を細めてツッコむ。

「あ、いや、泰から聞いたことがあった気がして――」

あわてて取り繕い、さんぴん茶を思いっきり飲んで咽せた。敷き布団が濡れる。

「あーあ、ぬーしんやん！」

何やってんだと言い、タオルを投げた。湯沢は少しだけ体を起こし、濡れた胸元や敷き布団を拭く。

「だいぶ、元気が出てきたみたいだな」

置き時計を見る。午前五時半を回ったところだった。

「まだ早い。もうひと寝しろ。俺も寝る」

島袋は、湯沢の布団の脇に寝転んだ。腕を枕に目を閉じる。

悪い人じゃなさそうだな──。

気になるところはあるが、城間たちとは違うニオイを感じ、少し気分が落ち着いた。とたん、全身を痛みと疲れが包んだ。

湯沢は仰向けのまま、目を閉じた。

うつらうつらとまどろむ。

と、いきなり、島袋が起き上がった。

「どうしたんです？」

顔を傾ける。

さっきまで優しげな雰囲気をまとっていた両眼が鋭くなっている。

湯沢の顔にも緊張が滲む。

「何かありました──」

「しっ」

島袋は鼻先に人差し指を立てた。

スッと立ち上がり、歩きだす。重心を前に乗せ、踵《かかと》を上げたまま玄関へ向かう。軋《きし》む音がまったくしない。

目の前で見ている湯沢ですら、気配をほとんど感じなかった。

島袋は玄関に近づき、呼吸を整えた。薄く深い呼吸をしながら外の気配を探る。

敵か……。

複数の殺気に満ちた気配を感じる。

部屋へ戻った島袋は、壁に背を当て、カーテンを少しだけめくってみた。

部屋は二階。窓の向こうにある隣のマンションの駐車場にも複数の人影が蠢《うごめ》いている。

「湯沢、動けるか？」

窓の外に目を向けたまま、小声で訊く。

「なんとか……」

湯沢は上体を起こした。痛みが走り、相貌《そうぼう》が歪む。

「無理だな」

島袋は押し入れの引き戸を開けた。

「ちょっと、がんばれ」

しゃがんで、湯沢の脇の下に肩を通し、立ち上がる。

湯沢は痛みを堪《こら》え、歯を食いしばった。押し入れまで連れていく。

両膝の裏に腕を通し、持ち上げ、押し入れ上段に座らせた。

「奥の板が外せるようになってる。そこから天井裏に上がれ」

「そんな仕掛けが？　なんで？」

「俺らもいろいろあるんでな。自己防衛手段だ」

島袋はにやりとした。

「急げ。上がったら寝てろ。物音一つ立てるな」

島袋が急かす。

湯沢はしまっていた布団に手を付いて、体を起こし、押し入れの奥へ行った。奥の板を押し上げる。と、板がずれた。

梁《はり》に両手をかけ、痛みに痺れる体を持ち上げる。そして、なんとか屋根裏に上がった。

「島袋さん」

心配そうに見つめる。

「俺は大丈夫だ。さっさと板を閉じろ。何があっても、そこから出てくるんじゃねえぞ」

島袋が言う。

湯沢は板を元通りに直した。

島袋は布団や服を奥へ詰めてカムフラージュし、血の付いた布団をたたんで押し入れに突っ込み、毛布に汚れたタオルや治療の際に出た血痕付きのゴミを包み、押し入れの下段の奥に押し込んだ。

ドリンクボトルを傾け、湯沢が飲み残したさんぴん茶を飲む。

「あ、しまった。あいつがコロナなら、移っちまうじゃねえか。……まあ、ここまで一緒にいたら同じじゃか」

独りごちて笑う。

島袋はボトルを握り締めた。

口からさんぴん茶が噴き出し、雨のように頭に降り注ぐ。

「さてと。輩《やから》退治は先手必勝だ」

濡れた髪を掻き上げた島袋の両眼がギラッと光った。

4

島袋の住み家を見つけた仲松らは、夜が白《しら》む頃、三十人の仲間を集めて、アパートを取り囲んだ。

仲松はアパートに面した道路から、二階の外廊下を見上げていた。外廊下の腰壁《こしかべ》は胸下あたりまでの高さなので、十分仲間の動向が確認できる。

島袋の部屋は二階最奥《さいおう》の角部屋だ。外廊下には今にも爆発しそうな怒気を放つ男たちが息を潜めてずらりと並んでいた。

反対側の駐車場から男が駆け寄ってきた。

「仲松さん、窓側も固めました」

報告にうなずき、腕時計に目を落とす。

午前五時半を回ったところ。まだ、周りは寝静まっている。

「五時四十五分に突っ込む。五分で終わらせるぞ。戻って固めとけ」

「はい」

男は首肯し、駆け戻っていった。

仲松が両手を挙げた。廊下にいた仲間の一人が仲松を見やる。

仲松は手で、五時四十五分と伝え、人差し指でアパートのドアを指し、突入するよう指示した。

仲間はうなずき、親指を立てた。

その時、島袋の部屋のドアが開いた。と思った瞬間、指を立てた男が二階から落下した。

とっさのことで声も出せず落ちてきた男は、横を向いてそのままアスファルトに叩きつけられた。短い悲鳴を発し、相貌を歪める。

「なんだ！」

仲松は外廊下を凝視した。

廊下を固めていた仲間が、腰壁の向こうに次々と沈んでいく。

「何が起こってんだ！　見てこい！」

脇にいた仲間に命じる。

男三人が階段へ向かう。

「駐車場にいる連中も呼んでこい」

別の仲間に指示をすると、一人の男が走っていった。

腰壁の向こうには、ちらちらと腕を振っている男の姿が見える。そのたびに、仲間が一人、また一人と沈み、消えていく。

仲松に命じられた男三人が、狭い階段を一列になって上がってきた。

先頭の男が外廊下に踏み込んだ。

とたん、立ち止まる。

目の前に立つ男がにやりとした。

瞬間、前蹴りを放つ。

男の鳩尾《みぞおち》に踵が食い込んだ。息を詰めた男が階段から傾《なだ》れ落ちる。後ろにいた男たちも共に階段から転げ落ちた。

階段の下で重なっている男たちを真上から見据えた島袋は唾を吐いた。

「弱《よえ》えな、こいつら」

島袋の背後の廊下には、男たちが倒れ、呻いていた。

ゆっくりと階段を下りていく。階段下に転がっている男たちを踏みつける。男たちは短い呻きを吐いた。

道路を見やる。六人の男が立っていた。アパートの裏から複数の足音が聞こえてきた。

島袋が道路に出ると、背後に十人の男が姿を現わした。

あっという間に前後を挟まれる。

「島袋か？」

黒髪に金メッシュを差した少し背の高い男が訊いてきた。

「誰だ、おまえ？」

「仲松だ。覚えとけ」

「覚えとけ、だ？　おまえまだ二十歳《はたち》そこそこだろう。口の利き方がなってねえな」

島袋は笑みを見せながらも、仲松を睨んだ。

「こっちの世界に歳は関係ねえだろ？」

仲松は顔の前に拳を立てた。

「そうだが、そりゃ、タイマンで同等の力を持った相手だったらって話だ。なんだ、この大人数は？　エイサーの練習でもするんか？」

笑いながら顔を左右と背後に振り向ける。そして、ゆっくりと仲松に視線を戻した。

「頭数揃えなきゃ、何もできねえ連中にため口利かれる筋合いはねえぞ」

グッと目に力を入れる。

仲松の脇にいた男たちの顔が少し強ばった。

仲松は島袋を睨み返した。が、すぐにふっと笑みを浮かべる。

「すみませんでした、島袋さん。俺は別にあんたと争いたいわけじゃねえんです」

急に口調を変える。

島袋は正面と背後に神経を尖らせた。

「昨日の夜、傷だらけの若い男を拾っていきませんでしたか？」

仲松が訊いた。

島袋は、眉一つ動かさずに返した。

「何の話だ？」

「あんたが傷だらけの男を抱えて運んでたところを見たってヤツがいるんですけど」

「知らねえぞ、そんなの」

そらとぼける。

「そいつね、俺らの仲間でして。つまらねえヘマをしやがったんでヤキを入れてた途中で逃げ出しやがったんですよ」

「そうか。そりゃ、大変だな」

「大変なんですよ。うちのボスも怒っちまって」

「ボスってのは誰だ？」

「城間さんです」

仲松が見据える。

島袋の眼も鋭くなった。

「ほお、おまえらか。この頃、松山を荒らしてるって噂のガキどもは」

「荒らしてるんじゃありません。まとめてるんですよ」

「こんなふうに囲んでか？」

島袋は冷ややかに正面の男たちを見つめる。と、右端の男の視線がふっと島袋の背後を見やった。

一瞬だったが、島袋は見逃さなかった。

「囲みゃあ、誰でも従うってのは、ちょっと甘いな」

「そうでしょうか？」

仲松がニヤッとした。

その時、背後で気配と荒い呼吸が動いた。

首を傾け、肩越しに背後を見やる。動く人影を目の端が捉えた。

島袋の体がスッと右に動いた。左脇から光るモノが飛び出してくる。

島袋は少しバックし、脇腹から出てきた腕の肘に左腕を巻き、締め上げた。同時に右手で、突っ込んできた男の左手首を握る。

手にはナイフが握られていた。男は腕を抜こうと引くが、じたばたするだけで島袋の腕から逃れられない。

　島袋は仲松を見やった。

「大人数で囲えば勝てると思ってるようだが、大事なことを忘れてるよ、おまえら」

　腕で男の肘を固定し、握った手首を外側へ押す。男の腕が外側へ反っていく。

「どんなに頭数集めようが、かかってくる人間はいつも一人。そいつの力が足りなきゃ、こうなる」

　思いきり、外側へ折り曲げた。

　男が絶叫した。左腕が曲がってはいけない方向に折れ曲がり、持っていたナイフが島袋の足下に落ちる。

　腕と手を離す。男はその場に崩れ落ち、左腕を押さえてもんどり打った。

　仲松の顔から笑みが消える。正面の男たちの顔からも余裕が失せた。

「おい！」

　後ろを見やる。

　背後にいた男たちがびくっとした。

「誰か、こいつを病院へ連れて行ってやれ。関節を外しただけだ。今、戻せば、問題はない。長引くと、左腕が使えなくなるぞ」

　島袋は言い、仲松に視線を戻す。

「連れて行ってやれ」

仲松が言った。

二人の男がそろそろと島袋に近づいてきた。島袋は横を向いて、仲松らを警戒しつつ、男たちを見据えた。

男たちは島袋の様子をちらちらと見ながら、喚く男を引きずって、島袋から引き離した。そのまま抱えて、現場から立ち去る。

島袋はそれを確認し、仲松を見た。

「それとな。さっき、おまえが言っていた重傷の若者のことだが。そいつは、病院へ連れて行った」

「本当か？」

仲松が怪訝そうに見返す。

「湯沢ってガキだろ？」

名前を出すと、仲松の目つきが鋭くなった。

「どう見ても、ヤバそうなヤツを自分の家に匿《かくま》っておくほど、俺もバカじゃねえ。こんなこともあろうかと、おまえらが攻めてくる前に場所は変えた」

「金武のところか？」

「それも調べてるのか。用意周到じゃねえか。金武さんのところかもしれねえな。突っ込んでこいよ。おまえら全員、半殺しじゃ済まねえだろうがな」

島袋は笑い声を立てた。

仲松が奥歯をぎりりと嚙む。

「このままお見合いか？　俺の口を割らせねえと、湯沢の行き先はわからねえぞ」

ぐるりと男たちを見回す。

「やるんか、やらんのか。ハッキリせんか、バカガキども！」

腹に響くほどの声が、寝静まっている街に轟く。

男たちはあからさまに怯み、少し後退りした。

「クソジジイが！」

仲松らの対面にいた若者が一人、かかってきた。手に持った金属バットを振り上げている。

島袋は若者を見つめた。

若者が迫り、バットを振り下ろそうとする。

「遅い」

大きく左脚を踏み込んだ。左腕を水平に上げ、若者の前腕を受け止める。若者の腕が、島袋の頭上で止まった。

「ガラ空きだ」

右の正拳を若者の腹に打ち込んだ。

若者は目を剝いて、腰を折った。バットを落とし、よろめいて後退する。

島袋はバットを拾った。

「こんなもん握ってりゃ、動きが鈍くなるのも当たり前だ」

島袋は振り向きざま、バットを仲松に向かって投げつけた。回転するバットが仲松に迫る。

仲松はしゃがみ込んだ。バットが仲松の頭上を過ぎ、背後のアスファルトに落ちて金属音を上げながら転がった。

「てめえ……」

「来ないのか？　なら、こっちから行くぞ」

島袋が地を蹴った。

周りにいた男たちが仲松の前に壁を作る。背後にいた男たちも一斉に走ってきた。

島袋は足を止め、振り返った。視界に捉えた男に右回し蹴りを浴びせる。

不意をつかれた男の首筋に足の甲がめり込む。そのまま振り切った。

男が真横に飛んだ。

いきなりの攻撃に怯み、背後にいた男たちが立ち止まる。そこに島袋は突っ込み、拳を振るい、蹴りを繰り出した。

まるで、エイサーを踊っているように、男たちを前にして島袋が舞う。そのたびに、一人、また一人と路上に沈む。

その様子を見ていた男が仲松に駆け寄った。

「仲松さん、ヤバいですよ……」

島袋の強さを目の当たりにし、つぶやく。

と、仲松は男の髪の毛をつかんだ。男が顔をしかめる。

「グダグダ言ってねえで、殺《や》ってこい！」

前に突きだし、尻を蹴る。

男はよろよろと前進した。目の前に島袋が立つ。

男はとっさにポケットからナイフを取り出した。

島袋はナイフを認め、男の右前腕を左脚の爪先で蹴り上げた。男の手からナイフが飛び、回転して舞い上がる。

そのまま脚を振り上げ、男の頭頂に踵を落とす。男は何もできないまま、顔から地面に叩きつけられた。

折れた歯と血が路上に飛び散る。その脇に、ナイフが落ち、カランと音を立てた。

島袋は男の背中を踏みつけた。

男が呻いて、顎を反らす。

圧倒的だった。

仲松とその仲間はまだ十人近く残っているが、違いすぎる力の差を感じ、完全に気圧《けお》されていた。

「どうする？　まだやるか？」

足下の男をもう一度踏みつけた。

男は息を詰めて顎を反り返し、呻きを放つと、そのままアスファルトに伏せた。

遠くから、パトカーのサイレンの音が聞こえてきた。

近隣の住人が騒ぎに気づいて通報したようだ。

仲松は歯ぎしりをした。

「覚えてろよ、島袋」

「先輩には〝さん〟付けだ」

島袋は笑みを覗かせた。

「行くぞ」

仲松が右腕を上げて振った。

男たちがぞろぞろと走り去っていく。階段や外廊下で倒れていた者も、それぞれが抱え合って、痛めた足を引きずりながら四方へ散った。

仲松たちがいなくなったことを確認して、島袋は大きく息を吐いた。

すべて見切ったと思っていたが、小さな切り傷や打撲の痛みをそこかしこに感じた。

一人一人はたいしたことはないが、やはり、血気盛んな野郎共の集団は厄介だ。

しかも、ボスは城間と言っていた。

見知っているわけではないが、ボクサー時代の城間のことは聞いている。

厄介な連中だな……。

パトカーの音がだいぶ近づいてきた。

「あいつは逃がしといた方がよさそうだな」

島袋は小走りで自分の部屋へ駆け戻った。

5

午前九時を回った頃、楢山が沖縄県警の道場で警察官に逮捕術の指導をしていると、金武たちが稽古のためにやってきた。

「おはようございます」

金武が楢山や他の警察官に挨拶をする。

他の師範代たちもそれぞれ挨拶をして、道場に入った。道場の端に座り、準備を始める。

「おう、おはよう」

楢山は右手を上げ、杖をついて、金武に歩み寄った。

「ちょっと」

人差し指をくいっと動かし、金武を呼ぶ。

金武は立ち上がり、楢山と共に道場の端へ行った。

楢山は金武に顔を寄せた。金武が耳を近づける。

「島袋は？」

「今日はなんか家の用事があるらしくて、稽古は休むと連絡がありましたけど」

「そうか……。変わった様子はなかったか？」

「特には。何かありました？」

金武は楢山の顔を見た。

「今朝方、あいつのアパートの近くで騒動があったんだ」

「騒動とは？」

「乱闘だったようだな。近隣の住民の通報で所轄《しょかつ》が駆け付けた時にはもう治まっていたようだが、路上には血痕やバットが落ちていたそうだ」

楢山が言う。

金武の表情が厳しくなった。

「見に行ってみましょうか？」

「おまえらは稽古してろ。そろそろいっぺん上がるから、俺が見てくる。島袋から何か連絡が入ったら、すぐ教えてくれ」

「わかりました」

金武がうなずく。

楢山は金武の二の腕を軽く叩き、道場を後にした。


県警本部を出たその足で、楢山は島袋のアパートまで来た。アパート前の路肩に車を停め、降りる。

まずは、アパート前の道路を歩いて確かめた。バットなどの道具は片付けられていたが、確かに不自然な血の染みがそこかしこに点在している。

争いのあった現場で見かける痕跡《こんせき》だ。なんらかの格闘があったのは間違いなさそうだった。

カツカツと杖を突く音を立て、アパートの階段を上がっていく。古い階段の錆《さび》が、ところどころ削れている。人が滑り落ちたような跡だ。

そのまま二階の外廊下に上がる。立ち止まって廊下全体を眺めると、やはり、血の染みが散見された。

染みを辿って目線を動かすと、最奥の島袋の部屋のドア前に行きついた。

「家の前で待ち構えられていたということか……」

進もうとすると、手前の部屋のドアが開いた。

腰の曲がった小柄な老女が出てくる。

「あー、楢さんねー」

顔を上げ、親しげな笑みを向ける。

「おばー、調子はどうね？」

「ぼちぼちさー。にーにーは元気そうねー」

「俺は鍛えてるからさー」

楢山は胸を張った。

老女は小浜富子《こはまとみこ》という八十七歳のおばーで、近所の人たちからは〝トミさん〟と呼ばれている。

このアパートでは居住歴が一番長く、若い頃は町内会の役員も務めていたこともあり、近所では知られたおばーだった。

人懐っこく、島袋の下を何度か訪れたことのある楢山にも気さくに語りかけ、気がつけば顔見知りになっていた。

「朝ごはんは食べたねー？　チャンプルーなら、すぐ作れるさ」

「しっかり食べたさ。それより、おばー、今朝なんだけど、なんか、騒ぎあったの知ってるね？」

「ああ、なんかパトカー来てたねー。私は腰が痛くて寝てたからさ。何があったのか、知らないさー」

「そっか。腰は大丈夫かい？」

「いつものやつだから、痛いとき寝てれば治るさ。そういえば、島袋くんが怪我人を連れてたねー」

「いつ？」

「パトカーが来た後だから、七時前くらいかねー」

「おばーの知ってるヤツだった？」

「いや、初めて見る若い男の子だったさ」

「いくつぐらい？」

「十七、八くらいかねー。窓からちらっと見ただけだから、よくわからないさ。でも、若い子はいっぱい包帯巻いてたねー」

トミさんは思い出しながら話した。

「どこに行ったか、わかる？」

「さあねー。昨日、佐々野先生が来てたみたいだけどさー」

トミさんが言う。

近所の目は時に厄介だが、何か事が起こった時は大いに役立ってくれる。

トミさんもずっと監視しているわけではないが、日常の中にふっと見慣れない光景が飛び込むと気づいてしまうのだろう。

しかし、佐々野が来たという情報は有益だった。

「じゃあ、今、島袋はいないかね？」

「いないと思うさ。足音もドアが開いた音もしてないからさー」

トミさんが言う。

よく聞いてるなと苦笑しつつ、

「おばー、どこに行くんね？」

訊いてみる。

「買い物に行こうと思ってさ」

「じゃあ、そこまで送るよ」

「そうかい。悪いねー」

「いやいや、かまわんさ」

楢山は笑顔を見せ、トミさんを車に乗せ、アパートの前から去った。

6

檜山はトミさんを送った後、佐々野が運営するクリニックを訪れた。

古びた四角い建物は、かつて、米兵の居住用に建てられたものだ。

横に長い、コンクリートの長屋のような造りになっているが、佐々野は間仕切りの壁を取り払い、並んでいた五つの部屋を一つのスペースにして、病院として使っていた。

このクリニックには、檜山も何度となく足を運んだ。

自分の怪我はもちろん、道場関係者や街で暴れていた若者なども、佐々野の下へ連れて来ては治療をしてもらっていた。

玄関を潜《くぐ》ると、受付の六十代の女性が檜山を認め、すぐに声をかけてきた。

女性は平山育枝《ひらやまいくえ》という。長いこと、佐々野クリニックで働いていて、来院者一人一人のことをよく覚えてくれている。

「久しぶりねー。足はどう？」

「変わらんよ。育さんも元気そうでよかった。しかし、人がいないいな」

檜山は待合室を見回した。

普段はおじーやおばーが集って、診察を待つ間、雑談を楽しんでいるが、今日は閑散としていた。

「これだからさ」

育枝は受付前に取り付けたビニールシートを指さした。新型コロナウイルス対策用のシートだ。

「うちには若い子も来るからさ。島も感染者が増えてるし。先生の方針で、予約制にしたさ」

そう話し、ため息をついた。

これまでの賑《にぎ》わいが嘘のようにしんとしている待合室をじっと眺め続けていれば、ため息をつきたくなる気持ちもわかる。

時と共に社会やこれまでの暮らしぶりが変化していくのは仕方がない。とはいえ、コロナがもたらした急速な変化は、ついていくのも一苦労だ。

沖縄で暮らすおじーやおばーには戦争経験者も多い。それまでの価値観がひっくり返る大変革を経験している人もいるだろうが、今回は著しく人々の距離を遠ざけるような変容だけに、共助を生きる糧としてきた沖縄の人々、特に年配者にとってはきつい急変だろうなと察する。

「先生は？」

「いるさー。今日は？」

「ああ、診察じゃないんだ。ちょっと聞きたいことがあってね」

「なら、そのままどうぞ。あ、熱だけ測って、消毒していってねー」

　育枝が言う。

　楢山は手首で測る非接触の体温計で熱を測った。三十六度五分。それを確認し、自動の消毒液噴霧器に手をかざし、アルコールを受けて、手を揉みながら診察室へ向かった。開けたままのドアから顔を出す。

「先生」

「おー、楢山君か。どうした？」

「いや、ケガとかじゃないんですよ」

　言って、中へ入り、丸椅子に座る。

「昨日、島袋のアパートに行きましたか？」

　いきなり、訊く。

「個人の情報は答えられん……と言いたいところだが、君なら仕方ないか。行ったよ」

「誰の治療をしたんです？」

「若い男の子だ。名前は知らん。初めて見る顔だったな」

「どんな状態でした？」

「ひどい、の一言だな。わしもいろんな悪ガキどもを診てきたが、その道のプロまがいの容赦ない暴行だった」

「今どきはヤクザが絡んでいると？」

「ヤクザもおとなしい。ヘタに警察に駆け込まれれば、頭から持っていかれるからな。やったのは、不良どもだろう」

佐々野も古い人間だからか、ギャングや半グレの類の若者を総じて〝不良〟と称する。

「わしらの世代が、限度を超えた暴力が蔓延し、これからの若者の芽を摘むような時代を作ってしまったのかと思うと、実に嘆かわしい」

佐々野は口角を下げた。

「誰の責任でもないですよ。すべての若者をまっとうな道に導けるわけじゃない」

楢山は返しながら、忸怩《じくじ》たる思いだった。

本来、警察官であった自分たちが、道を外れていく青少年たちを保護し、社会で生きられるよう育成すべきだ。

しかし、多くの若者がザルの目からこぼれ落ち、闇に落ちた。

自分で口にしたように、すべての者を救うことは不可能だ。だが、一線から離れた今、もう少し何かできたのではないかと思うことも多い。

楢山は一つ息を吐いて、もやもやとした気持ちを収めた。

改めて、佐々野に向き直る。

「先生、今朝方、島袋は来ませんでしたか？」

「来てない」

「本当ですか？」

「嘘をついてどうする。島袋君はいなくなったのか？」

「はい」

　楢山が言うと、佐々野の目が険しくなった。

「彼のところで治療した若者は？」

「島袋が連れて出たようです」

「無茶なことを……。肋骨も肺に刺さりかけていて、全身にひどい傷を負っている。内臓も腫れているかもしれんのに、今動くのは自殺行為だ」

　佐々野は拳を握った。

　その様子を見ていた楢山は、佐々野が嘘をついていないと感じた。

「行き先に心当たりはありませんか？」

「わからん。彼の交友関係は、君たちの方が知っているだろう」

「そうですね。時間取らせました」

　楢山は立ち上がった。

「島袋がここに来たり、連絡したりしてきたら、俺の携帯に一報ください」

「わかった」

「お願いします」

一礼して、部屋を出ようとする。

「あー、待ってくれ。平山君！」

診察室から育枝を呼ぶ。

育枝はすぐに顔を出した。

「なんでしょう？」

「カロナールを十回分出してやってくれ」

佐々野が指示をすると、育枝は首肯し、受付に戻った。

「鎮痛作用のある解熱剤だ。島袋君を見つけたら渡して、若い子の具合が悪くなったら飲ませるよう伝えてくれ」

「わかりました」

「それと、とにかく一度、私に連絡するようにも言っといてくれ。そのまま損傷が治まればいいが、悪化したら手遅れにもなりかねん。診察した医師としては、放っておけんからな」

「きっちり伝えときます」

楢山は言い、受付で薬を受け取って、病院を出た。

7

城間は眉尻を上げ、不機嫌そうな顔で椅子にふんぞり返っていた。

デスクの前には仲松がいた。顔が腫れていた。島袋と湯沢を取り逃がしたことで、城間に制裁《せいさい》を受けたのだ。

脇には、別の場所で湯沢を捜索していた桑江も立っていた。桑江は殴られていなかったが、重い空気の中でとばっちりを食らうかもしれないと冷や冷やし、城間の顔色をちらちらと窺《うかが》っていた。

散々怒鳴り散らし、仲松を殴りつけた城間も、今は少し落ち着いていた。

「仲松」

「はい」

ぐったりと背を丸めていた仲松は、返事をして直立した。

「島袋は二十人以上の仲間を一人で相手にしたんだったな？」

「そうです」

小声で答える。

「どんな戦い方だった？」

城間が冷静に訊いた。

「人数は視野に入っていたと思いますが、それに惑わされることなく、目の前の一人一人を確実に潰すようなやり方でした」

「なるほどな」

城間は腕を組んだ。

「戦い慣れしたヤツのやり方だな。そりゃあ、おまえらみたいな雑魚《ざこ》が百人でかかっていっても敵わなかったかもしれん」

目の前の仲松を〝雑魚〟と斬り捨てる。

仲松は一瞬気色《けしき》ばんだが、すぐにうつむいて、湧き上がった怒りを飲み込んだ。

「金武道場の連中は、そうやって戦うのか。手ごわいな」

組んだ腕に力をこめる。

しばし、天井を見つめて唸っていたが、腕を解いて太腿を平手で打った。

「しょうがねえ」

やおら、立ち上がる。

「桑江、仲間を集めろ」

「俺がですか？」

桑江は城間をまじまじと見つめた。

「おまえが桑江だろうが！　集められるだけ集めろ。金武道場の連中を捕まえる」

「誰をですか？」

「金武を除いた師範代のうちの誰かだ」

冷ややかな目を向ける。

仲松はうつむいたまま、奥歯を嚙んだ。

「城間さん……。仲松さんでも捕まえられなかった師範代を俺らだけで捕まえるのは無理ですよ」

「そんなことはわかってる。俺が出る」

城間はテーブルを回り込んだ。

桑江は驚いて、城間を見た。

城間は仲松の横に立った。肩に手を置く。仲松はびくりと震えた。

「おまえが弱くねえのは知ってる。だが、相手が悪かった。殴ってすまなかった。少しここで休んどけ」

ポンポンと叩き、仲松の横を過ぎた。

「桑江、三時間やる。頭数集まったら、連絡しろ。俺はちょっと回ってくるから」

城間はそう言い、先に部屋を出た。

城間が〝回ってくる〟と言う時は、女を抱きに行く時だ。

女といっても、彼女でもなんでもなく、自分の店で働いている風俗嬢で、乱暴にいきり立つ欲望を吐き出すだけ。

あまりの乱暴ぶりにたった一度の暴行で心身を壊された女もいる。が、城間が壊れた女を気にかける様子はまったくない。城間にとって、女はモノでしかないようだ。

仲松や桑江は、城間の強さを認めて仲間になった。時折覗かせる仲間思いの言動も嘘ではないのだろう。

一方で、一人の女を玩具《おもちゃ》のように扱ったり、敵を平気で殴り殺したりする冷酷さには、ただただ恐怖しか覚えない。

良い面だけ向けられている時はいいものの、自分に酷薄な部分を向けられたらと思うだけで生きた心地はしない。

仲間の出入りが激しい一端は、グループを束ねる城間の気質にあった。

この頃、定着率が上がってきたのは、城間のサポートに伊佐勇勝が加わったからだ。潰れたとはいえ、那覇で座間味組の看板を背負ったことのある人物への羨望《せんぼう》と信頼は、アウトローの間ではまだまだ高い。

伊佐と組んでいなければ、今頃、城間は一人で暴れていただろうと、仲松は思うこともあった。

仲間内で城間のことを話すことはめったにないが、桑江や、死んでいった村吉もどこかでそう思っているだろうと感じる。

「仲松さん、どうしましょう」

桑江は自信なさげに仲松を見つめた。

「どうもこうも、命令だから集めるしかねえだろ。おまえが飼ってる中高生を脅して、頭数だけ集めりゃいい。城間さんが自分で出張《でば》れば、一人舞台だからな。おまえは他の仲間と一緒に、ガキどもが逃げ出さねえよう、周りを囲んでりゃいいよ」

「それで大丈夫ですかね？」

「それしかやりようがねえだろ。人数を揃えられなかったときの方が怖《こえ》えぞ。ブチ切れた城間さんの標的がおまえになるからな」

仲松が言う。

桑江は蒼ざめた。

「逃げたりするなよ。おまえを追い込みたくないからさ」

仲松は念を押した。

桑江は二回ほど首を縦に振り、大きく一礼して部屋を出た。

仲松は大きく息をついた。両肩が落ちる。疲労と痛みで体が重い。

ソファーに座ろうとすると、インターホンが鳴った。二回、三回と鳴る。

「誰か出ろ！」

隣の部屋に声をかける。が、返事はない。

出てみると、隣部屋には誰もいなかった。

ため息をつき、インターホンの画面を覗く。郵便の配達員だった。

「なんだ？」

――書留です。

「ちょっと待ってろ」

仲松は言い、たらたらと歩いて、ドアを開けた。

「こちらです。ハンコかサインを」

配達員は一通の封書を差し出した。

仲松はサインをして受け取り、中へ戻った。歩きながら封書を見る。

「なんだ、こりゃ？」

毛筆のきれいな字で住所と城間の名前が記されている。

裏を見た。

「えっ」

思わず、足を止めた。

渡久地巌という名前が目に飛び込んできた。送り主の住所は大分刑務所となっている。

仲松は、巌の名前は知っているが、会ったことはない。渡久地兄弟で知っているのは三男の泰だけだ。

城間も巌に直接会ったことはないと話していた。プロボクサーとして活動していたから、剛や泰とつるんだこともない。

「なぜ、渡久地さんから……？」

疑問が口を衝く。

城間が再三、渡久地ブランドの復活を唱えているのはよく知っている。

だがそれは、城間が勝手に望んでいるものだと思っていた。

しかし、こうして巌から直接手紙が来るとなると、話は違ってくる。

中身を読んでみたい。が、封を開けたことがバレれば、今度は顔の腫れくらいでは済まないだろう。

どうしたものか……と封書を見つめていた時、伊佐の電話を思い出した。

妙なことがあれば、すぐ連絡しろ――。

仲松は周りに人がいないことを確認し、スマートフォンを出した。

8

真昌は竜星のベッドに寝転がり、プリントを睨んでいた。

昨年度の警察官3類試験の問題例だ。

初めは机について、顔が擦れるほど近づけ唸っていたが、どうにもわからず、ついには寝ころんで問題を睨みつけていた。

竜星も自分の勉強をしていたが、真昌が時折苦しそうに呻くので、気になって仕方がない。

竜星はペンを置いて、振り向いた。

「何がわからないんだ？　教えようか？」

「そうだな……」

真昌は起き上がろうとする。が、すぐに仰向けになり、顔を振った。

「いや、試験の時は竜星を頼れない。ここで逃げるようなら受からないさー。ちばりよ、真昌！」

自身を鼓舞し、また問題を睨みつけて唸りだした。

竜星は呆れ顔で微笑んだ。

わからない問題は、いくら頭を絞ってもわからない。そういう時は素直にわかる人に訊く方が効率的だ。

しかし、自力でなんとかしようとしている真昌の姿には好感が持てる。

そういうヤツだからこそ、小さい頃から友達でいられるんだと強く思う。

正直、現時点での学力では、試験を突破するのは難しいと感じている。けど、真昌が努力を続ければ、必ず手は届くとも信じられる。

まっすぐ、高い壁にぶち当たっていく真昌の姿は、竜星の励みにもなっていた。

竜星は背を向け、自分の勉強を始めた。

と、ＬＩＮＥの通知音が鳴った。ちらっと自分のスマートフォンを見るが、竜星への連絡ではなかった。

また、通知音が鳴る。数秒置かず、三度、背後で通知音が鳴った。

竜星はまた振り向いた。

「真昌、なんか連絡来てるぞ」

「勉強中！」

そう言って無視していると、ついにはＬＩＮＥ電話の着信音が鳴り始めた。

「誰だよ！」

怒って起き上がり、画面を見て通話をつなぐ。

「なんかね！　俺は勉強中さー！」

出るなり、怒鳴った。

が、真昌は次第に話を聞き始めた。

竜星は背を向けた。なんとなく相手の声が聞こえてくるが、聞かずにいた。

「ああ、うん……めんどくさいねー。わかったわかった。ちょっと顔出すだけだからね」

真昌は言い、通話を切った。

手にしていた問題のプリントや参考書をリュックに片付け始める。

「帰るのか？」

真昌を見た。

「ちょっと用事ができたさ。また戻ってくるかもしれないから、リュック置いてていいか？」

「そりゃいいけど。用事ってなんだ？」

「高校のダチがどうしても来てほしいってさ。つまらん用事だろうから、すぐ終わると思う。おばーにさ。俺の分のメシも作っといてくれと頼んどいて」

「言っとくよ」

「それと戻ったら、やっぱ、問題の解き方教えてくれ。わからないままじゃ、先に進まないからさ」

「わかった。みっちり教えてやる」

「お手柔らかに。じゃあ、行ってくるさー」

真昌は笑顔を見せ、竜星の部屋を出た。

途端、笑みが消えた。

高校の友達からの連絡は、囲みをするので手を貸してくれというものだった。

囲みとは、一人、もしくは一グループの敵を大人数で取り囲んで攻撃することだ。

相手はわからないが、自分にまで声をかけてくるということは相当の人数を集めているのだろうと察する。

つまり、囲んで屈服させようとする相手もそれなりの実力者だろうと思われる。

別の学校のヤンキーどもならまだいいが、街を練り歩いている厄介者だと、後々面倒なことにもなりかねない。

警察官の採用試験が間近に控えているこの時期、余計なことには関わりたくないが、高校の友達もダチはダチ。これまで共に過ごしてきた仲間でもある。

助けられたこともある仲間たちだけに、裏切りたくはなかった。

「まあ、ヤバいようなら、その場から去ればいいね」

自分に言い聞かせ、待ち合わせ場所へ急いだ。

真昌は、ゆいレールの安里《あさと》駅で、浜川《はまかわ》と合流した。

浜川とは中学校からの同級生で、同じ高校へ進み、時々連れ立って遊んでいた。たいして強くはないが、いかつい顔立ちを活かしたハッタリがうまい男で、実力を知らない後輩たちからは恐れられている。

そういうやつなので、時々、面倒事も持ち込まれるけれど、基本的に悪い奴ではないと思っているので、付き合いを続けていた。

浜川の他に二人の男がいた。二人は、真昌を見て、頭を下げた。見たことのない男たちだ。

まだ幼さが残っていて、髪にメッシュを入れていたり、ピアスをしていたりするが、顔はきれいだ。どう見ても、ケンカ慣れしているふうはなかった。

真昌は浜川に顔を寄せた。

「あいつらは？」

「中部の方の高校に通ってるヤツらさ。コザで遊んでる時に知り合ってよ。この頃、よくつるんでる。後輩だからよ、気はつかわなくていいさ」

そう言い、浜川がさらに顔を寄せた。

「おまえのことは、うちの高校のナンバー1と言ってるからよ。そんな感じで頼むさー」

小声で言う。

「何、勝手なこと言ってんだよ」

浜川を睨む。

「おまえもハクが付いていいじゃない」

「いらねーよ、そんなもん。囲みの相手は誰だ？」

「知らねえ」

「知らねえって、おまえ……」

真昌は呆れて顔を起こし、後輩たちを見やる。

「おい、おまえら」

声をかけると、二人は直立した。

真昌はため息をついた。声をかけられただけで、二人はガチガチに緊張し、顔を強ばらせている。

「帰っていいぞ」

真昌は言った。

「何言ってるさ、真昌！」

浜川が真昌に詰め寄る。

「どんな囲みか知らねえけど、どう見ても、こいつらが戦力になるわけねえだろうが」

「頭数の一つになればいいんだ」

「それで、こいつらに何かあったら、どうすんだ」

グッと睨みつけた。浜川が怯む。

真昌は二人に歩み寄った。

「囲みは相手によっちゃ、とんでもねえトラブルに巻き込まれることもある。おまえらにはまだ早い。今日はもう帰れ」

「でも、俺ら――」

一人の後輩が返そうとする。

「死ぬぞ」

真昌の言葉を聞いて、一瞬で蒼ざめた。

「相手がヤクザとか半グレだったら、おまえらだけじゃなくて、家族まで報復される。囲んで、相手をやってる時は強くなった気分になれるだろうけど、それは自分らが囲まれる側にもなるってことだ。覚悟あんのか？」

真昌が正視する。

後輩二人は、真昌の圧を感じ、おどおどしていた。

「また、頼むからさ。今日は帰れ」

話していると、ちょうど首里《しゅり》方面行きのゆいレールが入ってきた。

停止し、ドアが開く。

「ほら、乗っていけ」

真昌は二人を押した。

よろよろと歩いた二人は、互いの顔を見合わせると、真昌たちに深々と一礼して、モノレールに駆け込んだ。

「あー、おまえら!」

浜川が駆け寄ろうとする。

ドアが閉まった。モノレールが動きだす。

「行っちまったじゃないか!」

浜川が肩を落とす。

「いいじゃねえか。あいつらに何かあったら、こっちの寝覚めが悪くなる。俺が付き合ってやるからさー」

「人数集めろって言われてんのによお」

「誰にだ?」

「おまえの知らねえ先輩にだよ。オレが殺される」

「心配すんな。おまえ一人ぐらいなら、逃がしてやるよ」

真昌は肩に腕を回し、ポンポンと叩いた。

浜川のスマホが鳴った。浜川は真昌から離れ、すぐ電話に出た。

「浜川です！　こっちは二人です。すんません」

へこへこと頭を下げながら話している。

また、つまんねえのに使われてるな……。

浜川の様子を見ていれば、見かけでぶいぶい言わせているチンピラに声をかけられたことは一目瞭然だ。

いつものことだから驚きはしないが、ため息がこぼれた。

「はい……わかりました。すぐに行きます」

浜川は電話を切って、真昌に駆け寄った。

「真昌、漫湖《まんこ》公園だ。急がなきゃ」

一人で高揚している。

「わかったわかった」

真昌は苦笑し、入ってきた那覇空港行きのゆいレールに乗り込んだ。

9

漫湖公園は、那覇空港から約五キロほど東にある公園である。

湖はマングローブの群生がある湿地帯で、ラムサール条約にも認定されている。水鳥の聖地にもなっていて、海ではない沖縄らしい自然を満喫できる隠れた観光地として有名な場所だ。

安座間《あざま》は、県警本部での稽古を終えた後、一人歩いて、豊見城《とみぐすく》にある自宅へ戻る途中だった。

県警本部から自宅までは、徒歩で四十分ほど。稽古でいじめた体をクールダウンさせるにはちょうどいい距離だった。

公園は漫湖を挟んで爬龍《はりゅう》橋手前の古波蔵《こはぐら》側と、橋を渡り、とよみ大橋を望む鏡原《かがみはら》側に分かれる。

鏡原側にある水鳥・湿地センターの裏手にはマングローブ林を抜ける木道の散策路があり、マングローブだけでなく、めずらしい水鳥やハゼが観賞できた。

いつもなら、国場《こくば》川にかかる爬龍橋を渡って素直に帰るか、余裕があれば木道を散策するところだ。

が、この日は違っていた。

安座間は爬龍橋手前で左に折れ、公園東端の散策路に下り、沖縄協同病院駐車場の裏手まで歩いた。

本来は人も少なく、漫湖と国場川を望めるのんびりとしたところだが、この日、安座間の周辺だけは空気がピリピリとしていた。

安座間を挟むようにぞろぞろと男の集団が歩いている。到底、観光客とは思えない風貌《ふうぼう》の者ばかり。

男たちは、県警本部を出た頃から、安座間の周りをうろついていた。

安座間は前後に神経を尖らせつつ、散策路を奥へと進んだ。

ひと気がまったくなくなった場所まで行き、安座間は足を止めた。

安座間は体を横に向けた。左右の男たちを睥睨《へいげい》した。

「なんかね、おまえら」

すると、左の集団から、右耳に五つのピアスを並べている男が一歩前に出た。

「あんた、金武道場の師範代だろ？」

「だったら？」

「一緒に来てくんねえかな。あんたを殺したくねえからさ」

「殺されるのか？　誰に？」

「俺にだよ」

安座間が笑う。

男たちの壁を割って、後ろから横幅のある男がゆっくりと歩み出てきた。

安座間の顔から笑みが消えた。

「城間か……」

「あんた、金武道場の安座間だな。おとなしく付き合ってくれりゃあ、乱暴はしねえが」

「あいにく、おとなしくないんでな、俺は」

「そうかい。なら、仕方がねえな」

城間がファイティングポーズを取った。

安座間は城間を見据え、拳を固めた。

第四章

1

真昌は浜川と共に壺川《つぼがわ》駅で降りた。

空には黒雲が満ちていた。あたりは一気に暗くなり、国道３２９号線を走る車がライトを照らした。

まもなく雨粒が落ち始めた。ぽつぽつ降り出した雨は、たちまち激しくなってきた。

南国特有のスコールだ。アスファルトで雨粒が弾け、街が白く煙《けぶ》る。

真昌と浜川はずぶ濡れになっているが、気にしない。島では通常のこと。濡れた衣服もそのまま着ていれば乾く。

二人は雨に打たれながら、国道沿いを南へ走った。

漫湖公園の古波蔵側の散策路に入った。

「急げ、真昌！」

浜川が振り返って急かす。

「どこだよ？」

「わかんねえ！」

浜川は怒鳴り、周りを見回しながら右へ左へと走る。

雨が強くなってきて、視界も悪くなり、音が聞こえにくくなってきた。

真昌は立ち止まって、耳を澄ませた。

雨音の隙間に、かすかに大きな声が聞こえてきた。さらに注意深く聞くと、何かをはやし立てるような複数の男の声だった。

東側の奥の方から聞こえてくる。

「浜川、こっちだ！」

真昌は声が聞こえた方に走り出した。

反対側へ行こうとしていた浜川は、踵を返して真昌の後を追った。

「間違いないのか？」

「声が聞こえないか？」

真昌が言う。男たちの怒号は、雨の中、さらに大きく聞こえるようになっていた。

しかし。

「全然」

浜川が顔を横に振る。

真昌は呆れて笑い、まっすぐ進んだ。

「おっ、声がするぞ」

さらに近づき、ようやく気づく。

まもなく、男たちが誰かを円形に取り囲んでいる様子が見えてきた。

浜川は先に走っていった。見知らぬ先輩の下《もと》に駆け寄り、何やらへこへこと頭を下げている。

そして、真昌を指さした。その先輩らしき男が真昌を見やる。

髪をキンキンに染めて、眉毛を剃っている、いかにもヤンキーといった風体の先輩だ。

真昌は小さく挨拶しただけで、浜川たちの下には行かなかった。

ズボンのポケットに両手を突っ込んで、少し離れた場所からはやし立てている連中を眺める。

くだらないと感じていた。

ちょっと前なら、こうした光景に多少の高揚感を覚えたものだが、今はただただつまらないと感じるだけ。

むしろ、一人、あるいは少人数の相手を数十人の者で囲んで暴行を加え、強くなっている気分に浸っている目の前の男たちに、うっすら憐《あわれ》みすら覚える。

考えてみれば、学校にあまり行かなくなり、道場や竜星の家に入り浸るようになってから、想像を絶するような修羅場を何度も経験した。

殴り合いなんて生易しいものではなく、本物の殺し合い。一瞬でも気を抜けば、刃物や銃弾が体を貫くような指の先までひりひりするような現場で、その恐怖にも怯まず挑んでいく者たちの気概を肌で感じた。

自分を守るために、被弾もいとわずかばってくれた益尾のような男にも出会った。

真に強い者たちの矜持を肌で感じた。

それらからすると、今目の前で起こっている出来事は情けなく感じる。

俺も成長したな——。

自身の変化を感じ、ふっと笑みを漏らす。

そのまま帰ってもよかったが、囲まれている相手があまりひどいケガを負うのもかわいそうだ。

その時は助けてやろう、と思い、人垣の後ろにゆっくりと歩み寄った。

男たちの隙間から、円陣の中を覗く。

広い背中の横幅のある男が太い腕を左右に振っていた。

大味な攻撃だが、真昌はその男の強さを感じ取っていた。

両脚の踏ん張りも利いていて、腕をぶん回しても体軸がぶれない。金武道場の師範代が打ち込んでくるときも、こんな感じだ。

腰の入ったパンチは見た目以上に骨に響く。攻めている男の陰で見えないが、ゴツゴツという音が雨音に交じって響いていた。

相手も相当強いと感じる。この男のパンチを食らいながら倒れる気配を見せない。しかし、攻めている男のパンチが一発決まれば、雌雄《しゆう》は決するだろう。

倒れてもなお暴行を浴びせられれば、危ない。その時は止めに入ろうと思った。

しかし、県内の強い者はだいたい把握しているが、円陣の中で戦っている横幅のある男は知らない。また、こんな強者を相手にできる同年代の者も思いつかない。

誰か気になり、円陣の外を回りながら、相手の男の姿を確かめた。

相手は背を丸めて腰を落とし、顔の前に両腕をしっかりと立て、ガードしていた。強烈なフックを食らいながらもガードが飛ばない。

「すごいな……」

思わず、つぶやく。

真昌はすぐ前にいた男の肩を叩いた。男は振り向いて、真昌にガンを飛ばした。

「なんだよ」

睨みつける。

「すまんすまん。あの腕の太い強い人、誰なんだ？」

訊いてみた。

「知らねえのか？　城間さんだよ」

男が言う。

「ああ、城間さんか」

真昌は話を合わせたが、心の中で首をかしげた。

「やっぱ、強えな、城間さんは」

男に話を向けてみる。

「当たり前だ。城間さんに敵うやつはいねえよ。おまえ、知らねえのか？」

「名前は知ってんだけど、俺みたいなぺーぺーが会える人でもねえからな」

「わかってんじゃねえか。俺は、城間さんと話したことあるぜ」

自慢げに言う。

「すげーな。どんな人だ？」

「とにかく、強えんだ。敵には容赦ねえし、味方でもヘタこいたヤツは許さねえ。けど、きっちりとしてる仲間には優しい人だ」

男が語る。

典型的な恐怖支配か、と、真昌は思った。

味方に暴行を加えるヤツに、ろくな者はいない。

「やられてるのは誰だ？」

「金武道場の安座間さ」

「えっ」

男を押しのけ、城間の相手を見やる。

真昌の表情が険しくなった。

両腕のガードが完璧に顔を隠していてわからなかったが、確かに安座間だった。

「安座間もなかなか強えが、城間さんには敵わねえだろうな。そろそろ、メトロノームが出るぞ」

「なんだ、それ？」

「ほんと、何も知らねえんだな、おまえ。メトロノームといえば、城間さんのボクサー時代からの得意技。超絶強力なデンプシーロールさ。一度捉えたら、左右のフックがおもしれえくらい相手に当たって、相手が右に左に揺れながら殴られ続けるんだよ。とんでもない破壊技さー」

男が自分のことのように得意げに話す。

城間の腰が少しずつ据わってくる。安座間は圧《お》され、自分も腰を落として踏ん張っていた。

城間の腰がずんと下がった。

「出るぞ」

男が目を輝かせる。

城間の上体が左右に揺れ始めた。大ぶりのフックの速度が増してくる。

なんとか耐えていた安座間の上体も、フックの衝撃を受け、揺れ始めた。

ヤバい——。

真昌は焦った。

このままでは、ガードを破られ、強烈なフックを浴びてしまう。

しかし、城間には敵わない。力の差は、見ているだけでわかる。

仮に城間に一発食らわせたとしても、一見して三十人以上はいるだろう男たちの包囲網を潜るのも難しい。

自分一人では、あまりに頼りなさすぎる。

「もうすぐ、ガードが弾け飛ぶぞ。金武道場もたいしたことねえな」

男が小馬鹿にしたように笑う。

真昌の迷いが飛んだ。

振り返る。

「なんだ？　見ねえのか？」

「金武道場を――」

　真昌は拳を握った。

「ナメんなよ！」

　顔を上げた瞬間、男の顔面に拳を叩き込んだ。

　男が目を見開いた瞬間、拳がめり込んだ。鼻から血を噴きだし、後方へ吹っ飛ぶ。きれいに決まったからか、男は仰向けに倒れ、雨に打たれて気を失った。

　近くの男がちらっと真昌の方を見たが、小競り合いくらいにしか思っていないようで、また城間に顔を戻す。

　真昌は目の前の男たちの後頭部を殴り、前へ進んだ。

　そして、円陣が割れた瞬間、城間と安座間の方へ走り出した。

　城間の背後に駆け寄る。衆目《しゅうもく》の中、真昌はぬかるんだ地面を蹴って飛び上がった。宙で両足を畳み、城間の背中に向けて右脚を伸ばした。

　城間の背中に右足底が刺さった。

　男たちが一瞬にして黙った。あろうことか、城間に攻撃を加える者が出てくることはまったくの想定外だ。

　ストップモーションのように、誰もが硬直していた。

　体重を乗せた真昌の飛び蹴りを食らい、城間は前方によろよろと歩いた。

向く。

攻撃が止まった隙を逃さず、安座間が右脇に飛び出した。真昌の脇に来て、城間の方を

城間は振り返り、ファイティングポーズを取った。

安座間は真昌の前に立った。

「真昌、なんでここに？」

城間を見据えたまま、声をかける。

「悪友に呼ばれて見学に来ただけなんですけどね。まさか、安座間さんとは思わなかったです」

真昌は安座間と背を合わせ、中央を見つめている男たちを睥睨した。

「二人ならやれそうですか？」

真昌は訊いた。

「厳しいな。本意じゃないが、逃げるぞ」

「了解です」

返事をするなり、真昌は正面に向かって駆けだした。

安座間も踵を返し、真昌に続く。

いきなり、敵二人に突っ込んで来られ、正面にいた男たちは身を強ばらせた。

真昌は突っ立っている男の顔面に正拳を打ち込んだ。すぐさま、横の男に足刀蹴りを放

つ。飛んだ男が、後ろにいた男三人を連れて倒れた。

安座間が男たちの群れに飛び込んだ。視界に捉えた男たちを次々と殴り倒す。

真昌の左からバットを振り上げた男が迫ってきた。

真昌が屈む。その頭の上に安座間の右回し蹴りが飛ぶ。安座間の脛が男の脇の下にめり込む。

男は身を捩《よじ》って、バットを落とす。

真昌は立ち上がりざま、男の顎にアッパーを打ち込んだ。

男の体が浮き上がった。弧を描いて、背中から落ちる。泥混じりの水が撥ね上がった。

毎日のように練習していたおかげで、息はぴたりと合っていた。

城間は安座間と真昌の様子を仁王立ちで見ていた。

「安座間！　逃げるのか！　卑怯者！」

城間が挑発する。

カチンと来た真昌が振り返ろうとする。

安座間は真昌の二の腕をつかんだ。

「挑発に乗ったら負けだ。道場予定地で会おう」

「はい」

真昌は歯がゆさを噛み殺し、うなずいた。

安座間と真昌がそれぞれ左と右の足刀蹴りを放った。立ちふさがっていた男たちの壁が崩れ、穴が開いた。

その隙間を二人して駆け抜ける。二人は左右に分かれて走った。

男たちはどっちを追えばいいものか惑い、右往左往していた。

城間のこめかみに血管が浮き上がる。

「おまえら！　安座間とあのガキ逃がしたら、全員殺すぞ！」

太い声で怒鳴る。

男たちの顔が一斉に蒼ざめた。

「おい、追うぞ！」

誰かが声を張ると、男たちは適当に固まり、二手に分かれて、真昌と安座間を追い始めた。

広場から一気に人が消える。

残ったのは、城間と桑江だけだった。

「桑江。あの、ジャマしたガキの身元を調べてこい」

「はい」

一礼して、走り去る。

「ふざけやがって……」

空を睨み、左手に右拳を打ちつける。

手のひらの雨が弾けた。

2

檜山は浦添《うらそえ》総合病院近くの住宅街に来ていた。

このあたりに、島袋の祖父母が暮らしていた家がある。

祖母が二年前に亡くなり、空き家になっているが、まだ処分していないという話を以前聞いたことがあり、島袋がそこにいるのではないかと踏んで来てみた。

細くてうねる急な上り坂を車で上がり、高台まで出ると、樹木に囲まれた年季の入ったコンクリート建ての一軒家にたどり着いた。沖縄の家らしく、四角いフロアが二つ重なっているような二階建ての家だ。

カーナビで住所を確認する。

「ここか……」

空の駐車スペースに車を停め、ドアを開ける。

雨が降っているが、傘も差さず、濡れたまま地に立ち、ドアを閉めてロックした。

杖を突き、玄関へ回る。呼び鈴を押したが、壊れているようで鳴る様子がない。

サッシ戸を開けようとしたが、開かない。鍵がかかっている。

中に誰かがいるという証拠だ。

「島袋！　俺だ！　楢山だ！」

雨の音にかき消されないよう、大声で呼びかけた。

ずぶ濡れで立っていると、左手の庭の方からかすかな足音が聞こえた。

楢山は玄関のサッシ戸に顔を向けたまま、杖を握り締めた。

「本物ですか」

島袋が顔を覗かせる。

「当たり前だ」

楢山は笑顔を向けた。

「待っててください。今、開けますんで」

島袋は家の中へ戻っていった。

少しして、サッシ戸に人影が現われ、玄関が開いた。

「どうぞ」

島袋は楢山を促した。先に玄関へ入れ、周りを見回してサッシ戸を閉め、すぐさま鍵をかけた。

「どうしたんですか、こんなところまで」

島袋はタオルを差し出した。

檜山は乾いたタオルを受け取って、頭や顔を拭いながら言った。

「佐々野先生のところに寄ってきた」

「バレましたか」

島袋が苦笑する。

「元敏腕刑事だぞ、俺は」

タオルを返す。

島袋はタオルを受け取り、

「よくここがわかりましたね」

と言う。

「だから、俺は元敏腕刑事だと言ってるだろう。派手な乱闘をやらかして、誰かを連れて逃げて隠れるとすれば、周りの連中があまり知らない場所。友人を頼れば、そこから足が付くかもしれねえから、自分と本当に親しい者だけが知っているところ。そして、一見、あそこにはいないよなと思うところ。そう考えていくと、おじーとおばーがいなくなって空き家になってるここしかねえ」

「さすが、敵いませんね」

「当たり前だ」

玄関を上がる。

ポケットにねじ込んだ薬袋を差し出した。鎮痛解熱剤だ。死にそうになってる若いのってのはどこにいる？」

「佐々野先生から預かってきた。鎮痛解熱剤だ。死にそうになってる若いのってのはどこにいる？」

廊下の奥を見つめる。

島袋はあきらめたように息をついた。

「こっちです」

奥へ歩きだす。

檜山はついていった。

一番奥の部屋の前まで行き、ドアを開けた。

八畳ほどの琉球畳の間に布団が敷かれていた。そこに、包帯だらけの若い男が寝かされていた。

檜山が入っても目を覚まさない。文字通り、死んだように眠っている。

「ずっと、寝てます。傷もさることながら、よほどの緊張を強いられていたんでしょうね」

「そうか。しかし、相当悪いな。起きたらすぐ、薬を飲ませてやれ」

「そうします」

「こっちに」

楢山は部屋から出るよう、目で指示をした。

島袋はうなずき、楢山と共に部屋を出た。玄関に一番近いキッチンダイニングに入る。

「コーヒーでも飲みますか？」

「あるのか？」

「何日こもるかわからなかったので、あいつが寝ている間にちょっと買い出しに行ってきたんですよ」

「そうか。なら、一杯もらおう」

楢山はダイニングの椅子に腰を下ろし、杖をテーブルに立てかけた。

島袋はケトルでお湯を沸かし始めた。祖父母が使っていたカップを出し、インスタントの粉を入れる。

「どこで拾ってきたんだ？」

楢山は肩越しに後ろを見やり、訊いた。

「やちむん通りの工事現場です。人間不信の猫みたいに、姿を見せた途端、かかってきたんですよ」

「追い込まれてたってことか」

「そんな感じでした」

ケトルのお湯が沸く。

島袋は二つのカップにお湯を注いでスプーンで混ぜ、手に取ってキッチンを回り込んだ。

楢山の前にカップを一つ置いて、対面に座る。

楢山は湯気の立つコーヒーを啜った。島袋も一口啜り、息をつく。

「佐々野先生の話だと、内臓までやられてるかもしれないってことじゃねえか。ずいぶんな暴行を受けてるな。何者だ、あいつ？」

「湯沢って名前は聞きました。泰を知ってるんで、年少の仲間か何かだったんじゃないかと思います」

「泰を知ってる？」

楢山の目が鋭くなった。

「ええ。しかも、渡久地ブランドという言葉を口にしました。島のことをほとんど知らない若いヤツが、島の者でも使わなくなった渡久地ブランドなんて言葉を知ってるのは、ちょっと気になりまして」

島袋はコーヒーで喉を潤した。話を続ける。

「それと、うちを襲ってきたのは、城間のグループでした」

「城間だと？」

大きくなりそうな声を抑えた。

「知ってるんですか？」

　島袋が訊く。

　楢山は腕組みをした。しばし何かを考えていたが、腕を解いてコーヒーを飲んだ。

「話しておいた方がよさそうだな」

　顔を上げ、島袋を見やる。

　楢山は組織犯罪対策課の比嘉から聞いた話を島袋に話して聞かせた。

「城間が狙ってるのは、渡久地ブランドの復活ですか……」

　島袋の眉間が険しくなる。

「城間が狙っているのはな。だが、知恵を付けている伊佐が狙っているのは、そんなガキみたいな話じゃないだろう」

「そうですね。あいつは座間味でも小ずるいヤツでしたから」

「湯沢にはもう少し話を聞く必要がありそうだな。この家、使わせてもらっていいか？」

「かまいませんけど。どうするんです？」

「湯沢の護衛に使う。高台のドン突きで敵が入ってくる方向は下から上がってくる道しかない。砦《とりで》に使うには格好の場所だ」

「砦って——」

「あの小僧が伊佐や城間とどういう関係かはわからんが、連中の計画の一端を知っている可能性は高い。そいつが逃げ出したんだ。伊佐や城間は必ず狙ってくる」

　楢山の言葉に、島袋の顔に緊張が走った。

「道場のみんなに応援を頼もう」

　楢山がスマートフォンに手をかけた。

　と、スマホが鳴った。取り出し、画面を見やる。

「噂をすれば、だ」

　画面に表示されている〝金武〟という名前を島袋に見せる。島袋は微笑んだ。

　楢山は電話に出た。

「おう、俺だ。どうした？　うん……うん」

　初めは笑顔だった楢山の顔が、みるみる真顔になっていく。

「安座間が襲われただと？　真昌まで！　ああ、わかった。俺は今、動けない。そっちは任せた」

　楢山は電話を切った。

「何があったんですか」

　島袋が訊く。

「安座間が城間に襲われた」

「城間に！」

島袋の眉尻が上がる。

「真昌もそこにいたらしい。安座間と真昌はその場から逃げ出したそうで、道場の建設予定地で落ち合うことになっていたらしいんだが、まだ真昌が戻ってきてないんで、捜しているそうだ」

「城間んやなふらー！」

城間のくそが！　と吐き捨て、島袋が腰を浮かす。

「どこに行くつもりだ？」

「あにひやーよ！　たっ殺《くる》してやる！」

あいつ、ぶっ殺してやると唸る。

「落ち着け。今、ここを手薄にするわけにはいかん。俺とおまえで湯沢を守るぞ」

「やしがー」

「こっちから出向いて、城間がいなかったらどうする？」

楢山に言われ、島袋は拳を握ったまま腰を下ろした。

「わじわじする」

腹が立つとこぼし、左拳を右手のひらに打ちつけた。

「まあ、あわてなくても、連中とはいつかぶつかることになるだろう。その時は、容赦なくぶちのめせばいい。今はとにかく、湯沢を守ることに集中しよう」

「……わかりました」

島袋は渋々首肯した。

3

事務所へ戻って、濡れた体を拭い、着替えを済ませた城間は、執務机の前に置いた応接セットのソファーに座り、泡盛を瓶ごと呷っていた。

安座間ともう一人のガキを捕まえたという報告は、まだ入ってこない。

苛立ちは増していた。

何より、自身が出張った現場で、敵に逃げられたことが許せない。

大勢の目がある中で、これ以上ないほどの恥をかかされた。

リング上でノックアウトされた時以上の辱《はずかし》めを受けた気分だった。

特に、後ろから蹴りを入れてきたガキは忌々しい。まさか、自分の周りで壁を作っていた雑魚に邪魔をされるとは思わなかった。

あんなガキにまでナメられているのかと思うと、怒りがふつふつと滾る。

きっちり、自分の恐ろしさを叩き込んでやらないと気が済まなかった。

ドアがノックされた。

「失礼します」

桑江の声だった。

「入れ」

乱暴な口ぶりで言う。

ドアが開いた。桑江が姿を見せた。金髪の若い男の襟首をつかんでいる。

「ほら、来い！」

桑江は男を無理やり引きずり込んだ。城間の方へ放る。

よたよたと前進した男は、震える膝が落ちて、城間の前に崩れた。

「なんだ、こいつは？」

「浜川ってガキです。城間さんに蹴りを入れたガキを連れてきたヤツです」

「ほお」

城間は浜川を睨みつけた。

「おまえら、俺に対して、ずいぶんナメた真似をしてくれたなあ」

「いや、違うんです！」

浜川は正座して、城間を見た。

「先輩から人を集めろと言われたんで、真昌を連れていっただけなんです。真昌とは中学校からのダチで、囲みの時によく助っ人を頼んでたんで、今回も声をかけたんです」

「真昌って言うのか、あのガキ？」

「はい、安里真昌です」

浜川はぺらぺらとしゃべった。

「家はどこだ？」

「喜屋武《きゃん》です」

「知ってるか？」

「はい」

浜川は顔を大きく縦に振った。

「そうか。そりゃいい。案内しろ」

「えっ？」

「その安里真昌ってガキの家に連れて行けと言ってんだ」

浜川を見据える。

「それは……」

浜川はうつむいた。

城間が上体を傾け、右腕を伸ばした。浜川の髪をつかんで、顔を上げさせる。

浜川は竦み上がった。今にも泣きそうだ。

「俺は仲間を平気で売るヤツは嫌いだが、俺に逆らうヤツはもっと嫌いだ。おまえは、さっさとダチを裏切った。ついでに、俺に逆らうか？」

顔を近づける。

「殺《くる》さりんどー」

酒臭い息を吹きかけられ、殺すぞと脅される。

浜川は硬直し、何度も何度も首を縦に振るしかなかった。

「桑江、ここにいる連中を集めて、車を用意しろ」

「はい」

桑江が駆け出していく。

「逃げるなよ。殺すヤツが増えるのはめんどくせえからよー」

額を押して突き放す。

浜川は涙を流し、失禁した。

4

竜星は真昌のリュックを肩に提げ、安里家を訪れていた。玄関先で真昌のおばーが竜星を迎えていた。

「わっさいびーん。まだ帰ってないさー。真昌、遅いねー」

おばーがごめんなさいと詫びる。

「いいんです。リュックを届けに来ただけですから。じゃあ、これを真昌に――」

廊下にリュックを置く。

と、奥の部屋から、真昌の父、安里真栄《しんえい》が出てきた。

「おー、竜星」

「ご無沙汰しています」

頭を下げる。

「あのバカ息子、どこをほっつき歩いてるんだか。上がれー」

「いや、もう遅いですし」

「いいから、メシ食ってけ。いつも、おまえんとこで真昌が世話になってるからさ」

「そうしろ、竜星」

おばーにも促される。

「じゃあ……お邪魔します」

竜星は言い、家に上がった。

ちょうど夕食の準備をしているところだった。

テーブルには、もやしと島豆腐とスパムを炒めた、まーみなーちゃんぷるー。へちまを味噌で煮込んだ、なーべらーんぶしー。野菜炒めを卵でとじた、ちゃんぽん。島らっきょやもずくも揚げた、沖縄てんぷらなど、沖縄家庭料理の見本のようなおかずが並ぶ。

祖母は、茶碗と取り皿と箸《はし》を持ってきて、じゅーしーと呼ばれる沖縄の炊き込みご飯を茶碗によそった。

「ばんない、かめー、竜星」

おばーが、いっぱい食べろと言う。

「いただきます」

竜星は箸を取った。

ゆっくりとごはんとおかずを口に運ぶ。

安里のおばーの料理はおいしい。島で生まれ育ったおばーだけに、本物の沖縄料理だ。味付けは基本、塩とごま油だが、ラードも入っていて濃厚な味わいとなったり、てんぷらは意外にもあっさりしていたり。

竜星の口にはなじんでいる味だ。いくらでも食べられる。

が、そこでガツガツ食べると、沖縄名物〝おばーのかめかめ攻撃〟が待っている。

大勢で助け合うのが、貧しかった沖縄の習わしでもある。その影響か、客が来ると、テーブルには食べきれないほどの量のおかずが並ぶ。

そして、とにかく、食べろ食べろと勧めてくる。

放っておくと、腹が破れるまで食べさせられそうになる。

竜星は何度となく、安里のおばーのかめかめ攻撃を食らっているので、安里家でご馳走になる時はわざとゆっくり食べるようにしていた。

「おじさん、今日は飲まないんですか?」

竜星が訊く。

いつも、食事の時にテーブルにある泡盛の瓶がない。

「真昌が遅いからさ。もし、なんかやらかしたら、迎えに行かなきゃいけないさー」

「そういうことですか」

竜星は微笑んだ。

「なあ、竜星。真昌だけど、あれ、警察官になれそうかね?」

真栄が訊ねる。

竜星は少し箸を止めた。

「正直に言っていいですか?」

「ああ」

真栄がうなずく。

竜星は少し考えて、口を開いた。

「今の学力では、今回は難しいと思います」

はっきりと言う。

「やっぱり、真昌じゃ無理かね……」

「今回はという限定です。真昌、すごくがんばってるし、理解度も上がってきています。勉強慣れしていないだけで、もう一年、みっちり勉強したら、届くと思いますよ」

「真昌は、はまやーだからさー。なんくるないさー」

おばーが、真昌は頑張り屋さんだから大丈夫だと言い、小さな目を細めた。

「そうか。竜星が言うなら、大丈夫なんだろうな」

真栄の口元にも深い笑みが滲んだ。

「おじさん、真昌が警察官になったら、畑はどうするんですか？」

「まだまだ、俺一人でやれるよ。おばーもこの通り、元気だしな。とはいえ、どこも後継者問題は深刻なんで、共同経営会社を設立しようかと話し合っているところだ」

「会社を作るんですか？」

竜星が驚く。

真栄はうなずいて、

「俺たちが一つの会社の社員になって、それぞれの畑を持ち回りで手伝い、収穫物は会社で一括して集めて出荷販売するという方式だ。農業の株式会社化というやつだな」

「すごいですね」

「もう、あちこちで始まってることだ。それだけ、個人個人の小規模農業は立ちいかなくなっているということさ。今、国は食料自給率を上げようとしているが、取り巻く環境は厳しくなる一方だろう。真昌が警察官になりたいと言った時、残念に思うところもあったが、ホッとしたところもあったさ」

真栄が語る。

竜星は真栄の話を噛みしめた。子の将来を案じる親心は尊いなと感じる。

「まあ、俺たちは俺たちでやっていくから、真昌や竜星は自分の道を進めばいい」

深い笑みを竜星に向ける。

「はい」

竜星は強く首肯した。

もう一度、箸を取ろうとした時、車の音が聞こえた。

「誰だ？」

真栄も玄関に目を向けた。

エンジン音は一つではなかった。二台、三台と安里家の前に近づいてくる。

「ちょっと見てくる」

真栄が立ち上がった。

玄関へ向かう。竜星も外に目を向けた。

嫌な感じがした。

竜星は立ち上がり、柱に身を隠して、そっと外を覗いた。

ヒンプンという沖縄古民家によくある玄関前の衝立の向こうに、ＳＵＶやミニバンが並んでいる。

車から降りてくる男たちは、一見で普通の者ではないことがわかった。

おばーは不安げに竜星を見やった。

「おばー、アシャギへ行こうか」

振り返った竜星は笑顔で声をかけた。アシャギとは、古民家にある離れのことだ。

「何かあるんかねー？」

「なんくるないけど、念のため」

竜星は立って、おばーに手を差し伸べた。

おばーは竜星の手を握って、立ち上がった。おばーを支えながら、裏座《うらざ》から家の裏手に出る。そして、納屋《なや》のようにしか見えない離れにおばーを連れていった。

「何もなかったら、声かけるからさ。それまでここにいて」

「わかった。きーちきりよー」

気をつけてよと言う。

竜星は笑顔で首を縦に振り、離れの戸を閉めた。

途端、笑みが消える。

竜星は縁側の雨戸に身を隠しながら、玄関先へと向かった。

柱に身を寄せ、様子を窺う。

三台の車から降りてきている男たちは、十数人。最後に真ん中に停めていたSUVから、がっしりとした男が降りてきた。

周囲の男たちとは段違いの迫力あるオーラを放っている。

近くの若い男が数歩下がり、水たまりを踏んでいるのも構わず、がっしりとした男に道を空けた。

一見して、その男がボスで強者だということがわかった。

玄関のドアが開いた。真栄が玄関前に出る。

「なんかね、あったー？」

なんだ、おまえら、と訊き、見据える。

真栄の迫力も、がっしりとした男の迫力に負けていない。周りの男たちは少し気圧されていた。

がっしりとした男が一歩前に出た。

「俺は城間だ。あんたのところに、真昌というのはいるか？」

「俺の息子だが、なんか用か？」

「出してくれんかな。話がある」

「こんな大勢で押し掛けるような連中に、息子を差し出す親はおらん」

「手荒な真似はしたくないんですよ、お父さん」

城間がひねた笑みを浮かべる。

竜星は男たちの様子を見ながら、離れの裏を回り、塀を乗り越えて路上に出た。

男たちの背後からゆっくりと近づく。男たちはみな、衝立の先にいた。

竜星はしゃがんで、車のボディーに身を隠した。

「どうしても、出せねえってのか？」

「出せないな」

「そうですか。なら、仕方がねえ」

城間が右手を上げた。

竜星は車の陰から飛び出した。背を向けている男たちには目もくれず、城間に向かって走る。

男たちが竜星に気づいた時は、もう通り過ぎたあとだった。

竜星が城間に迫る。

玄関にいた真栄が城間の左肩越しにちらっと目を向けた。

城間はその目の動きを見逃さなかった。首を傾けると、目の端に影が映った。

振り返りざま、腰をひねって右フックを放つ。

捉えたと思った瞬間、影がふっと消えた。気配も消える。

城間が影を探そうとした時、脇腹に強烈なボディーフックがめり込んだ。

息を吐いた直後に叩き込まれたレバーブロー。元プロボクサーとはいえ、力が抜けた一瞬、急所を打たれれば利く。

たまらず、片膝が折れる。城間は身を捩ってよろけたが、なんとか踏ん張った。

「おばーはアシャギだ。逃げて、おじさん！」

竜星は真栄を見て叫んだ。

そしてすぐ、城間の方に向き直り、再び襲いかかる。

城間はガードを下げ、上体を右に傾けていた。顔面に向け、回し蹴りを放つ。

城間はとっさに両腕で顔面をカバーした。竜星の脛が城間の前腕を打った。強烈な蹴りで、城間の骨がしびれた。

竜星は右脚を振り抜いた。

弾かれた城間は後方に飛び、煉瓦《れんが》造りのヒンプンに背中からぶつかった。

煉瓦の継ぎ目が砕け、衝立が弾け飛ぶ。支えを失った城間はふくらはぎをひっかけ、背中から落ちた。

瓦礫の上に仰向けにひっくり返り、息を詰める。

男たちは唖然《あぜん》とし、固まった。

「おじさん、早く！」

背を向けたまま、竜星が声を張る。

「すぐ、警察を呼ぶからな！」

真栄が離れへ走る。

「桑江さん、どうしますか……」

若い男が駆け寄る。

「どうしますかじゃねえだろ！　追え！」

桑江は男の頭を平手でひっぱたいた。

竜星の左正面に立っていた男五人が、一斉に真栄を追う。

竜星はすさまじいスピードで走って、男たちの前に躍り出た。男たちがギョッとして立ち止まる。

間髪《かんはつ》を容《い》れず、竜星は手前の男に右フックを浴びせた。男が右横に吹っ飛ぶ。その後ろにいた男に左ストレートを打ち込み、右斜めにいた男に裏拳をぶち込んだ。

あまりに速くて、見ていた男たちには、その三人が同時に飛んだように映った。

正面左右に、二人の男が残っていた。

竜星は向かって左の男に左ハイキックを浴びせた。呆気に取られていた男の首筋に足の甲がめり込む。

そのまま下向きに足を振り抜くと、男は顔面から地面に叩きつけられた。

着地してすぐ、竜星は右後ろ回し蹴りを放った。もう一人の男の頬骨を竜星の踵が捉えた。男は棒のようにばたりと横倒れし、地面でバウンドして沈んだ。

「なんだ、こいつ……」

桑江は竜星の強さを目の当たりにし、呆然とした。

裏手でエンジンの音がした。

「しまった！　追うぞ！」

桑江は車に戻ろうとした。

ガラッ……と瓦礫が崩れた。

桑江たちは動きを止めて、城間に目を向けた。

城間がむくりと起き上がる。

「まさか、クソガキに二度もジャマされるとはなあ……」

城間は煉瓦を握ると、別の煉瓦に叩きつけた。二つの煉瓦が砕けて飛び散る。

先ほどまで止んでいた雨が、ぽつりぽつりと落ち始めた。

城間が立ち上がる。

雨足は強くなってきた。

「おまえら、皆殺しだ」

城間は顔を上げ、竜星を睨んだ。

「そんなことはさせない」

竜星は静かに睨み返した。

5

真昌は、日が暮れる頃ようやく、新道場の建設予定地にたどり着いた。

敷地やプレハブ小屋を覗いてみるが、誰もいない。

「まいったな……」

プレハブ小屋の庇《ひさし》の下に入って雨をしのぐ。スニーカーが重くなるほど、頭から爪先まで濡れているので、今さら雨宿りをしても仕方ないが、待ち合わせ場所として指定されたこの場所から動くわけにもいかない。

城間グループの追っ手をまくのに、少々骨が折れた。

逃げる途中、何度か敵に先回りされたり、追いつかれたりして、格闘した分、ここへ来るのが遅くなった。

真昌の服は、戦いを物語るように撥ねた泥や相手を殴った時に飛んだ血などで汚れている。真昌の頬にも痣があり、唇が少し切れ、腫れていた。

追ってきた者たちに強さは感じなかったが、疲れが蓄積する中で多人数を相手にし、たまに敵の攻撃を食らってしまうことがあった。

まだまだ、修行が足りないなと思う。

とりあえず、安座間か金武に連絡を入れなければと思ったが、体の重さに手で膝を支えてしまう。

「一息つかねえとな……」

真昌はその場に座った。ズボンから雨水が染みてくるが、気にしない。

雨粒を顔に受けながら、空を見上げた。黒い雲がうねり、流れている。

まだ、止みそうにねえな。

大きく息をついて、目を閉じた。

疲労がずしんと全身にのしかかり、体が沈む。しかし、心地いい疲れだった。

あの強そうな男に怯まず向かっていけた。

倒せはしなかったが、一撃を叩き込んだ。

何より、安座間に促されたにせよ、そこで意地を張らず、逃走できたことがうれしかった。

これまでの自分なら、かまわず城間を倒しに行き、返り討ちを食らっていただろう。

城間に勝てないことは、自分でもわかった。

時に、勝てない相手に向かっていくことも大事だ。が、あの場面では、逃げるのが正解だった。

とても敵わない、もしくは、戦って勝ったとしてもダメージが多すぎると判断した場合、逃走することも重要な戦術だ。

真昌は、自分が一段成長したように感じ入っていた。

スマートフォンが鳴った。ポケットから取り出す。安座間の名前が表示されていた。

「もしもし」

——もしもしじゃねえ！　なんで、電話に出ねえんだ！

安座間は怒っていた。

手元を見やり、苦笑する。

「すみません。ちょっと逃げるのに手こずってたんで」

——無事でよかった。

安座間が心底安堵する空気が電話口から伝わってくる。

「何かありましたか？」

真昌は気になって訊ねた。

——今、どこだ？

「西崎の建設予定地です」

――そのまま県警本部に向かえ。

「警察に？　なんでですか？」

――おまえの家が襲撃された。

安座間の声が重い。

真昌はスマホを握り締めた。

「どういうことですか……」

――詳しいことは、組対部の比嘉さんに聞け。城間の仲間に捕まるんじゃねえぞ。

「待ってください！　何が起こってるんですか！」

――あちこちで、城間が俺たちを的《まと》にかけてる。おまえは本部へ行って、理由を話している暇がない。真栄さんとおばーは警察が保護してる。おまえは本部へ行って、家族と合流しろ。いいな。

安座間はそう言い、電話を切った。

「なんなんだ、あいつら――」

真昌は暗がりを睨み、ぬかるんだ地面に拳を叩きつけた。

6

竜星は右回し蹴りを放った。

城間は左肩を少し上げ、首をひっこめて蹴りを受け止めた。衣服に染み込んだ雨水が弾ける。

竜星は右膝の下だけ曲げ、再び上段に蹴りを放った。

城間が左に体をねじって二の腕で竜星の蹴りを弾いた。その回転を利用し、右ストレートを放つ。

竜星は右脚を大きく引き、右に上体を倒しながらダッキングした。地面すれすれに傾いた姿勢から、右脚を踏ん張り、ボディーアッパーを打ち出す。

城間はストレートで伸びた右腕を引くと同時に、バックステップを切り、後退した。

竜星もいったん城間から離れ、右半身に構え直す。

桑江や他の男たちは固唾《かたず》を飲んだ。

竜星の動きは、とにかく速かった。まるで豹《ひょう》が獲物を前にして跳ぶように、右へ左へ動き回り、隙と見るや、果敢に城間の懐に飛び込み、二発、三発と攻撃を繰り出す。

城間もフックやストレートを放つが、陽炎《かげろう》のようにするりとかわされる。

桑江は、こんなにも城間が翻弄されるのを目にしたのは初めてだった。

ボクサー時代、ベタ足だった城間は、よくアウトボクサーに手玉に取られたものだが、攻撃を食らうこともなかった。

しかし、今目の前にいる若者は、城間の攻撃をかわすだけでなく、城間を倒しにいっている。

　城間のガードを崩すまでには至っていないが、放たれた蹴りや突きの強さは、城間の肉や骨を打つ音でわかる。

　自分たちなら、三発も食らえば立っていられないだろうと桑江は感じた。

「こんなヤツがいたのか……」

　桑江がつぶやく。

　と、近くにいた男が返事するともなく言った。

「こいつ、開栄《かいえい》の安達だ」

　桑江は振り向いた。学ランを着た高校生が目を見開いていた。

「誰だ、その安達ってのは？」

「開栄高校三年の安達竜星です。進学校に通ってて、街を練り歩くタイプでもないんで、あまり知られていないんですけど、今のおれらの年代じゃ、最強じゃねえかって言われてるんですよ。渡久地さんも安達にやられたって噂だし、ヤクザの事務所にぶっこんだなんて噂も立ってるくらいですから」

「ヤクザの事務所だと？」

「松山にあった座間味組にカチコミを入れたって話です。さすがにそれは嘘だと思いますけど、なんでも、死んだ竜星の親父は伝説の強え《つえ》人だったとかいう話もあります」

「親父ってのは？」

「たしか……もぐらとか言ってましたかね」

男子高校生が言う。

「もぐらなんて、伝説でも強そうには思えないですけどね」

そう続けて、笑う。

が、桑江の表情は険しくなった。

もぐら伝説は知っている。確か、影野竜司という男の話だ。松山を根城にする者なら、上の者からちょくちょく聞かされている。

もぐらの強さもさることながら、もぐらと組んでいる者たちも化け物のように強いと話していた年配のヤクザもいた。

さらに、座間味組を潰した者の中に高校生がいたという噂も耳にしていた。

いずれも、誇張されたデマだと思っていたが……。

桑江は、城間と竜星に目を向けた。

相変わらず、竜星は獲物を狩る猛獣のように、城間を攻め続けている。

あの城間を前にしても、一ミリたりとも怯まず戦える姿を見ていると、それも本当のことかもしれないと感じる。

そして、ぞっとした。

ひょっとして、自分たちは、踏み込んではいけない領域に踏み入ってしまったのかもしれない――。

桑江は竜星のことをもっと聞こうと思い、振り返った。

と、男たちから「おおっ！」と声が上がった。

目線の先を見やる。

城間がぐらついていた。

執拗《しつよう》な攻撃が、ガードをしているとはいえ効いてきているようだった。

飛び上がった竜星の体が前方に回転した。頂点で右脚が伸び、踵が城間の頭頂を狙う。

胴回し蹴りだ。宙を舞う竜星の姿は、一流の舞台に立つダンサーのように美しかった。

踵が城間の脳天に落ちた。ごっ……と骨を打つ鈍い音がした。

城間の上体が大きく前のめりになる。

竜星は体を半分ひねり、地面に落ちた。両腕で受け身を取り、後ろに転がって距離を取り、立ち上がる。

そしてすぐさま、城間に向かって駆けだした。左脚を踏み込んで、城間の頭部を握る。

竜星の右膝が城間の顔面に迫った。

城間がやられる――。

その場にいる者、誰もがそう思った。

瞬間だった。

城間が右腕をオーバー気味に振った。固めた拳が竜星の左頬に迫った。

まったくノーモーションのロシアンフックだった。

竜星の反応がわずかに遅れた。

右膝が城間の顔面にめり込んだ。同時に、城間の拳が竜星の左頬を抉《えぐ》る。

竜星の体が右側に吹っ飛んだ。城間は上体を跳ね上げ、仰向けに倒れていく。

両者がほぼ同時に、濡れた地面に叩きつけられた。

現場はしんとなった。

竜星も城間も動かない。雨の音だけがあたりに響く。

その雨音の隙間から、パトカーのサイレンの音が聞こえてきた。

放心状態だった桑江は、その音で我に返った。

「城間さん！」

桑江の声を聴いて、他の男たちも正気に戻る。

桑江は城間に駆け寄った。気を失っていた。膝を食らった鼻は潰れ、前歯は折れていた。

雨が口元や鼻周りからあふれる血を流す。踵を落とされた頭部も割れ、流れ出る血が地面に赤い川を作っていた。

「おい！　城間さんを車に乗せろ！」

桑江が命じる。

別の男が、竜星の様子を見に行っていた。

竜星の左頬がくぼんでいた。頬骨を砕かれたようだ。横たえた竜星の鼻と口からは血があふれている。意識はない。

「桑江さん！　こいつはどうします？」

「放っとけ！　死のうがどうしようが知ったこっちゃねえ！　全員、事務所に戻るぞ。急げ！」

桑江が指示をする。

男たちが四方に散り、城間や竜星に倒された仲間を次々と車に運び入れる。

桑江はＳＵＶの助手席に座った。前後の車に仲間が乗り込んだことを確認する。ＳＵＶの後部座席に城間が運び込まれ、ドアが閉められた。

左腕を出し、手のひらを前に振った。

車列が一斉に動きだした。一台、二台と去り、まもなく三台目のテールランプが見えなくなる。

竜星は失神したまま、パトカーが到着するまで雨に打たれ続けた。

7

仲松は、桑江からの連絡を受けたが、指示をしただけで、事務所には戻らなかった。

今、仲松は中《なか》の社交街のバーに出向いていた。

コザと呼ばれている街のこの店は、元座間味組の組員が経営している店だった。奥にはシークレットルームが三部屋あり、売春や薬物の売買が行なわれている。

裏社会で生きている仲松も、この店に出入りするのは怖かった。

元組員のマスターは、今はカタギを名乗っているが、数々の修羅場を潜ってきた者だけが持つ重々しい本物の気配をまとっていた。

仲松が入ると、マスターはグラスを磨きながら、ちらっと仲松の方を見た。サングラスの下に覗く左眼の尻に長い傷がある。

カウンターやボックスに客はいない。

仲松は少し中へ進み、マスターに声をかけた。

「すみません。俺、城間グループの――」

言いかけると、マスターは目で奥を指した。

「三番だ」

そう言い、またグラスを磨き始める。

「ありがとうございます」

礼をして、奥へ向かう。

スタッフルームと記されたドアを開け、間仕切りのカーテンを潜ると、さらに奥へ廊下が続いていた。

右手にドアが並んでいる。手前から一番、二番と数字が振られ、最奥が三番部屋だった。

恐る恐る歩を進める。

一番部屋のドアの向こうからは、奇妙な呻き声と独り言が聞こえてくる。二番部屋からは女の悲鳴と男の怒声が漏れていた。

なんとも殺伐とした空間だ。

三番部屋の前で止まり、ノックをした。

「仲松です」

「入っていいぞ」

声がかかる。

ドアを開けた。五人程度が座れそうなL字ソファーの角に足を組んで座っているのは伊佐だった。

城間たちが出て行ってまもなく、巌から手紙が届き、伊佐に電話をした。

伊佐は島へ戻るといい、城間には内緒で、指定した時間に指定した店へ、巌からの手紙を持って来るよう命じた。

「失礼します」

一礼して、中へ入る。

ドアの近くには、眼鏡をかけたワイシャツとスラックス姿の地味な男が座っていた。頬がこけて蒼白く、うつむいて半笑いしている、薄気味悪い男だった。

ソファーの前のテーブルには、つまみや乾き物、泡盛やウイスキーのボトルにコップ、氷入りのクーラーボックスと水の入ったペットボトルが置かれていた。

伊佐のグラスの水割りは減っているが、地味な男のグラスには何も入っていなかった。

「まあ、座れ」

伊佐は右手奥の方を手で指した。

仲松はテーブルを回り込み、奥の端に浅く腰かけた。

「適当に飲んでいいぞ」

伊佐が言う。

「じゃあ、ウイスキーいただきます」

仲松はコップを取って氷を入れ、ウイスキーと水を注いでマドラーで混ぜた。

伊佐がコップを持ち上げる。仲松はコップを両手で掲げて会釈し、水割りを少しだけ飲んだ。

「巌さんからの手紙は持ってきたか？」

「あ、はい」

仲松はジャケットの内ポケットから手紙を出し、伊佐に渡した。

伊佐は受け取ると、自分への手紙のように封を切った。中を取り出し、勝手に読む。仲松もそっと覗いたが、毛筆の力強い文字が並んでいた。

「……やっぱり、内間が何か吹き込みやがったか」

伊佐が舌打ちをする。

「おい、片岡《かたおか》。これだ」

伊佐は地味な男を片岡と呼び、手紙を封筒ごと渡した。

片岡は顔も上げずに受け取った。

「いけるか？」

伊佐が訊く。

片岡は手紙と封筒をサッと見て、うなずいた。

「さっき、メールに送った文章をその字で書いてくれ。仕事が終わったら、メールはいつものように処分な。金はブツと交換だ。明日の朝九時までに頼む」

伊佐が言うと、片岡はスッと立ち上がって、挨拶もせず部屋を出て行った。

ドアが閉まる。

　仲松はドアの方を見つめた。

「あいつ、何なんですか？」

「代書屋《だいしょ》だ。少し頭が足りねえヤツなんだが、偽造文書を作らせりゃ、あいつの右に出る者はいねえ。本人以上に本人らしい筆跡で完璧に仕上げる。印章も細かい傷まで再現するぞ」

「そりゃ、すごいですね。島の人間ですか？」

「出身地は知らねえが、普段は東京にいる。今日は俺が東京から連れてきた。さっきの巌さんからの手紙、何が書かれてあったか、わかるか？」

「いえ……」

「城間に、渡久地ブランドの復権をあきらめるよう諭《さと》す内容だ」

「巌さん、ブランドの復活はあきらめたんですか？」

「いや、巌さんは最初から、渡久地ブランドの復権なんて望んじゃいねえ」

「えっ」

　仲松はまじまじと伊佐の顔を見やった。

「どういうことですか？」

「そのまんまだ。渡久地ブランドの復権ってのは、城間を動かすために俺が考えた出まかせだ」

伊佐はにやりとした。

コップの水割りを飲み干して、泡盛のボトルを取る。キャップを開けて、ラッパ飲みをした。

「ふう。相変わらず、島酒はまずいな」

そう言い、伊佐はボトルを壁に投げつけた。ボトルが砕け散り、ガラス片と酒が四散する。

仲松はびくっとして腰を浮かせた。

「俺は中学を出てずっと、座間味組に尽くしてきた。クソみたいな仕事に命を張ってきた。下の者の面倒も見た。なぜかわかるか？　いずれ、俺が座間味のトップに立って、松山を仕切ると決めてたからよ」

伊佐はウイスキーのボトルを取り、キャップを開けてごくごくと飲んだ。口辺にあふれた酒を手の甲で拭う。

「それが、どうだ？　剛と泰のつまらねえいざこざに手を貸したためにガラを持っていかれて、その間に組までなくなっちまった。留置場にいる時にな、つくづく考えたんだよ。このままでいいのかよってな。いいわけがねえ。だったら、自分の手で松山を獲ってやろうと思ってな」

伊佐はまたウイスキーを呷った。

「その時、どうしても手に入れたい駒が城間だった。ヤツの暴力は一品だったからな。しかし、金でも女でも落ちねえ。そこで、唯一あいつが心酔する巌さんの名前を出して、渡久地ブランドの復権を持ち掛けたのよ」

可笑《おか》しそうに語る。

「一発で乗ってきやがった。それからは、おまえらも加わって、今のような形になった。もう一押しすりゃあ、松山は落ちる」

伊佐は高笑いし、機嫌良さそうにウイスキーを飲んだ。

「そう、あと少しなんだ。そこで巌さんや泰に邪魔されちゃあ、たまらねえ」

「代書屋には何と書かせるんですか？」

「真逆の話だ。城間に期待していると書かせるんだよ。さらに、もう一押し、用意してきた」

伊佐は自分のスマートフォンを出した。

保存した動画を再生し、仲松に見せる。

病室にいる泰が映っていた。険しい表情を見せている。

泰は竜星や金武道場の連中への恨み言を語り、巌や剛のためにも、渡久地ブランドを復活させたいと力説していた。

「泰はブランド復活を望んでいるんですね」

　仲松が言う。

「いや、望んでねえよ」

「でも、この中では――」

　画面を指さす。

「技術ってのは怖えもんだな。顔と声のデータがありゃあ、本人が録《と》られた記憶のねえ動画まで作れちまう」

「フェイクなんですか、これ！」

　驚いて、目を丸くした。

「知り合いに作らせた。巌さんの手紙とこの動画で二人がブランドの復権を願っていると知れば、城間はますます働くだろうよ」

「巌さんが戻ってきたら、殺されますよ」

　仲松の顔が強ばる。

「ビビることがねえぐらい組織をデカくしちまえば、巌さん一人、なんてことはねえ」

　伊佐が強がる。

「城間さんがすべて嘘だと知ったら、それこそ、今まで積み上げてきたもんをぶち壊すんじゃねえですか？」

「それも心配いらねえ。たかが、ガキ一匹に伸《の》されるようなヤツだ」

「安達竜星に倒されたこと、知ってたんですか！」

さらに驚いて、目を見開く。

「おまえらとは別の人間も、俺の下で働いてる。情報は逐一、俺の下に入るようになってる。木内を殺っちまって、北谷に埋めてきたんだろう？」

伊佐がさらりと言う。

仲松は蒼ざめた。

木内や村吉の処理は、仲間内のごく一部の者だけで内密に行なった。それが漏れているということは、中枢の仲間の中に伊佐と通じている者がいるということだ。

誰だ……？

「チクったヤツを捜そうなんて考えてるんじゃねえだろうな？」

見透かしたように、仲松に目を向けた。

仲松はぎくりとし、ごまかすように酒を呷った。

「心配するな。そのくらいのトラブルは織り込み済みだ。なんとも思っちゃいねえ。それに、松山を収めた後は、そいつらもおまえらの仲間になる。処分するのは、城間だけだ」

「城間さんを殺すんですか？」

「まあ、殺るかどうかはともかく、松山を獲っちまえば、城間は用済みだ。あいつは使える男だが、火種にもなる。すべて片づいて落ち着いた後、爆弾を抱えておくこともねえだろ？」

　伊佐はすらすらと話した。

　仲松はコップを握り締めた。

　最初から、伊佐は自分たちを利用するつもりだったようだ。特に城間は、使い捨てるつもりで飼っていたとしか思えない。

　情も何もない非道を平然と進められる伊佐に、城間には感じない恐ろしさを覚えた。

「なぜ、俺にそこまで話してくれるんですか？」

「それよ。おまえ、事が落ち着いたら、組のナンバー2にならねえか？」

「俺がですか！」

　伊佐を直視する。

「おまえは利口だし、無鉄砲に走ったりはしない。城間ほどの強さはねえが、グループの者が認める腕力も持っている。おまえのようなヤツに上に立ってもらわねえと、組織は成り立たねえ。城間じゃダメだ」

　伊佐は笑みを浮かべた。

　伊佐の言葉に、仲松の心はくすぐられた。

　ずっと城間の下で働いてきた。時に、城間の失態を、城間の知らないところで処理もしてきた。理不尽な暴力を浴び、グループを抜けると憤る者をなだめすかして繋ぎとめてきたのも自分だ。

そのことを城間より上の立場にいる伊佐に認めてもらえたことは、正直にうれしい。

一方、伊佐が今度は自分を使おうとしているのではないかと不安になる。

ここまでの話を聞く限り、伊佐が自分を使えない者と見なせば、問答無用に切り捨てられることになる。

それは即、島では生きていけなくなることを意味し、最悪の場合、この世から消える可能性も示唆するものだ。

素直に喜んでいいものなのか、判断が付きかねた。

「まあ、ナンバー2の話は、ゆっくり考えてくれりゃあいい。それより、今のことよ。木内を死なせちまったのは仕方ねえが、湯沢に逃げられたのはうまくねえな。しかも、金武道場の関係者に囲われているらしいじゃねえか。さらに、安達ともトラブルを起こしちまった。感情的に動くとつまらねえことになるって、いい見本だな」

伊佐は城間を思い浮かべ、吐き捨てた。

「安達の家には、元県警の楢山もいる。すでに警察が動いてるだろう。城間グループが潰されるのも、時間の問題だ。しかし、ここまで来たからには、もうひと働きしてもらいたい」

「何をするつもりですか？　まさか、警察と一戦交えろと？」

仲松の目尻が引きつった。

伊佐は笑った。

「いくら俺でも、そんなバカな真似はさせねえよ」

ピーナッツを口に放り込み、嚙み砕き、ウイスキーで喉に流す。

「警察は無理だが、金武道場の連中と安達、同居している楢山は、後々厄介の種になる。こいつらをみんな、城間に殺らせる」

ボトルをテーブルに置いて、ほくそ笑む。

仲松は鳥肌が立った。

城間もむちゃくちゃだが、伊佐も正気ではない。しかし、ここまで深い話を聞いてしまっては、仲松自身も退路を失いつつある。

「そこまでやれば、新組織を起ち上げても警察に潰されますよ」

「新組織が関わっていればな。だが、今回の出来事はすべて、城間とグループ内の一部の者が暴走してやったことだ。そして、やりすぎたことを後悔した城間は、自らの命でケジメをつける」

伊佐はジャケットの後ろに手を入れた。

黒い塊をつかんで、テーブルに置く。ゴトッと重々しい音がした。

仲松は目を見開いて、息を止めた。

銃だった。大型のリボルバーだ。

「俺が命令したら、こいつを城間の口に突っ込んで発砲しろ。それで、おまえは、松山を仕切る県下一の組織のナンバー2だ」

銃を仲松の方に押し出した。

仲松はコップを握って、手の震えを止めようとした。が、コップは揺れ、中の氷がカタカタと鳴った。

「さすがの城間もこいつには敵わねえ。ちょいと引くだけで、おまえは松山を手に入れる。楽しいぞ、力を持つってのは」

伊佐が誘う。

仲松は逡巡し、コップに残った酒を飲み干した。

「頼りにしてるんだぜ、相棒」

伊佐が言った。

伊佐のような本物に〝相棒〟と呼ばれた。その事実が仲松の胸を高鳴らせた。

「おまえがいなきゃ、松山は仕切れねえ。頼むぜ、相棒」

伊佐が念を押す。

仲松は伊佐の手からウイスキーのボトルをもぎ取った。浴びるように呷って、ボトルを置く。

震えが止まった。

「わかりました。任せてください」

仲松の目に力がこもる。

そして、銃把《じゅうは》を握り締めた。

8

竜星は目を覚ました。カーテンが映った。白い天井も見える。

ぼんやりとした視界の中に、紗由美の顔が見えた。

「母さん……？」

ぽそっとつぶやく。

目の霞《かす》みが取れてきた。ハッキリと微笑んでいる紗由美を認めた。

「バカだねえ、あんたは」

紗由美が笑みを濃くした。目尻に滲んだ涙を人差し指の背で拭う。

顔を傾けた。腕には点滴の管が付けられていた。胸には心電図の端子が取り付けられていて、ピッピッという電子音が聞こえてくる。

記憶がぼやけていた。

雨が降っていた。大勢の男たちの怒号が飛んでいる。眼前に横幅のある男がいる。自分を睨みつけ、今にも襲いかからんばかりの眼光を飛ばしている。

「おばー！」

竜星がいきなり上体を起こした。

全身が軋んだ。顔に震えるほどの痛みが走る。相貌が歪んだ。

「起きちゃダメだよ」

紗由美は竜星の両肩を押さえ、そっと寝かせた。

「母さん、僕——」

何があったのかを訊こうとする。口がうまく開かず、声がこもっていることに気がついた。

「安里のおばーは無事だよ。真栄さんも。よくがんばったね。たいしたもんだよ」

紗由美が竜星の頭を一回撫でる。

「ほら、勲章だよ」

紗由美はサイドボードに置いていた手鏡を取って、竜星に渡した。

竜星は手に取って、鏡を覗いた。

顔には包帯が巻かれていた。顔の左半分があり得ないほど腫れ上がっていた。右も少し腫れているが、左はその倍は膨れていて、目も塞がり、別人のような顔立ちになっている。

「真栄さんから少し話を聞いたよ。あんた、真栄さんとおばーを助けるために、城間ってのと一人で戦ったんだってね。まったく、無茶するねえ」

「ごめん、母さん。心配かけて」

竜星は詫びた。

「いいのよ。さすが、私と竜司さんの子供だと思っちゃったわ」

紗由美が笑った。

少しだけ、竜星の気持ちが軽くなる。

「けど、城間ってのは強かったんだろうね。あんた、パトカーが来るまで雨の中で倒れてたんだよ。あんたがそんなに伸されるのは、一度も記憶にないからね。どんな相手だった？」

紗由美が訊く。

「横幅があって、がっしりとしていて、とにかく重くて硬い人だったよ。ガードを崩して、胴回し蹴りを叩き込んで、膝を打ち込めば倒せると思って攻めた時に……」

竜星の話がふっと止まった。

しばし、天井を見つめる。記憶を引き出そうとするが、出てこない。

「攻めた時……。うーん、そこから先がわからないな」

「そこまで思い出せれば、大丈夫。あとはしっかり寝て、傷を治すことね。頬骨にはプレートが入ってるから、今無理すると、せっかくのイケメンが台無しになっちゃうぞ」

「我が息子をイケメンって……」

竜星が苦笑する。笑みを作ると、ぴりっと顔に痛みが走った。

「城間たちは捕まったの？」

竜星が訊く。

紗由美は顔を横に振った。

「松山に事務所を構えていたらしいんだけどね。警察が乗り込んだ時には、もぬけの殻になっていたそう。でも、捕まるのは時間の問題かもね。城間とそのグループは相当強引に松山を荒らしていたみたいで、組対の比嘉さんたちもマークしていたそう。今回は、あんたや真栄さんへの脅迫や暴行といった罪に問えるから、それで引っ張る準備を進めてると言ってたよ。あとは、県警に任せておけばいい」

話していると、ドアが開いた。

「竜星！」

駆け込んできたのは、真昌だった。

「大丈夫か！」

ベッド脇に走ってきて、マットにドスンと手をついて顔を覗き込む。

ベッドが揺れ、竜星は少し顔を歪めた。

「真昌、落ち着け」

反対側から紗由美が言った。

「あ、おばさん」

会釈する。

真昌の顔には痣があり、口元や目元に絆創膏が貼られていた。

「あんたもいい顔してるね。安座間さんを助けたんだってね」

紗由美が微笑みかける。

「いや、助けたというほどのことでも。結局、そのせいで、おばーとかをえらい目に遭わせてしまったし……」

「あんたのせいじゃないよ。悪いのは城間たち。あんたらは、大切な人を守ろうとしただけ。立派だよ」

笑みを濃くして、立ち上がる。

「真昌、ちょっと竜星を見ててくれる？　私、会社に行かなきゃならなくて。着替えとかは後で節子さんが持ってきてくれるから、その時までいてくれると助かる」

「いいですよ。節子おばー、待ってます」

「よろしく。二人とも、今はおとなしくしてるんだよ」

紗由美は言い、病室を出た。

真昌は紗由美を見送り、パイプ椅子を出して、ベッド脇に腰かけた。

「わっさいびーん、竜星」

すまないと詫びる。

「気にするなよ。母さんも言ってたけど、悪いのは僕らじゃない。むしろ、おまえんちに行っててよかったよ。僕がいなきゃ、おじさんとおばーだけのところを襲われてたもんな。二人を逃がせただけでもよかった」

竜星は小さく笑みを見せた。大きく笑うと顔が痛い。

「にふぇーでーびる。ほんと、頼れるヤツだよ。しかし、城間ってのはすげえな。おまえがこんなワンパン食らうなんて、信じられねえ」

「よく覚えてないんだよ。気が付いたら、ここだった」

苦笑する。

「どんな戦い方だった？」

「亀みたいな人だったかな」

「亀？」

真昌が首をかしげる。

「ガードも体も硬くて、いくら打ち込んでも丸まって動かないんだよ。場所によっては、撃ち込んだ僕の拳とか脛がしびれるほど硬かったしさ」

「ガードを固めて一撃を打ち込む典型的なヒッターだな」

真昌がしたり顔で、腕を組み何度もうなずく。

「それを言うなら、インファイターとかハードパンチャーの方が良くないか？」

竜星にツッコまれ、真昌は顔を赤くした。

竜星はくすっと笑い、

「まあでも、今までに会ったことのないタイプだったよ。戦っている時はあまり怖いと感じなかったんだけどな。今、ここにいると、食らったパンチが顎にヒットしていたらどうなってたことかとぞっとする」

そう話し、真顔になる。

「クリーンヒットしてないということは、おまえ、避けたんだな」

「覚えてないけど……」

「やっぱ、すげえな。そういやあ、おまえ、卒業公演みたいなので、三線《さんしん》演奏するんだよな。指とか大丈夫か？」

「ああ、それ、なくなったんだよ。コロナのせいで」

「マジか。がんばってたのに、残念だな」

「卒業式もなくなりそうなところがあるって話もあるしな。仕方ないよ」

竜星は言った。

「試験はどうなってんだ?」

「一応、新しい共通試験は行なわれるって話だな。けど、どうなるかわからないな。そっちはあるのか?」

「ああ、益尾さんからの連絡では、予定通りに試験はあるみたいだから、くれぐれもコロナに罹《かか》らないようにと言われてる。こんなことになっちまってるけどな」

絆創膏を見て、笑う。

「昼間、ここで勉強していいか?」

「そりゃ、かまわないけど。体は大丈夫なんか?」

「おまえに比べりゃ、くしゃみみたいなもんだ」

「その比喩、うまくないなあ」

「比喩ってなんだ?」

真昌が訊く。

やっぱり、今回は難しそうだな。

竜星は笑みだけを返した。

9

翌日の正午前、仲松は城間や桑江が潜伏している北谷のアジトに出向いた。

車で雑草茂る山道を上っていく。いい具合にアスファルトが割れ、雑草が被さっているおかげで、この先に道路が続くとは思えないような見目になっている。だから、知っている者以外、この道に入ってくる者はいない。

五分ほど急坂を上っていくと、広い平地が現われた。山の中の荒れ地にはプレハブ小屋が四棟並んでいる。

ここが城間たちのもう一つのアジトだった。

小屋は、業者が敷地の建物を撤去する時に建て、そのまま置いていったものだ。放置して五、六年経っているからか、外壁の塗装は剥がれて錆びつき、小屋によっては天井の一部に穴が開いていたり、サッシ窓のガラスが割れ、枠が傾いていたりする。いずれ、仕事で儲けたら、小屋を撤去して新しいビルを建て、城間グループの拠点とするつもりだった。

車でプレハブ小屋に近づいていくと、前方からパッシングされた。仲松は停車し、パッシングを短く二回、それを三度繰り返し、合図を送った。

前方から、パッシングが二回返ってくる。それに答えるように、仲松は短く一回パッシングをし、車を進めた。

プレハブ小屋に仲間がいる際、万が一の場合に備え、仲松が決めた合図だった。

小屋の前に車を滑り込ませ、停まり、エンジンを切って、ショルダーバッグをつかみ、降りる。

すぐさま、桑江が駆け寄ってきた。

「どこに行ってたんですか?」

「あとで話す。城間さんは?」

「あっちです」

桑江が、手前から三番目の比較的状態のいい小屋を指す。

仲松が小屋に向けて歩いた。桑江が続く。外で見張っていた男が仲松に一礼し、サッシ戸を開けた。

城間は小屋の中央に敷かれた布団に、仰向けに寝かされていた。

大いびきをかいている。布団の周りには、血に染まったティッシュやガーゼ、包帯が散乱していた。

仲松は、中へ一歩入ったところで立ち止まった。桑江が後から入ってきて、仲松の脇に立つ。

「医者には見せたのか？」

「足がつくから医者を呼ぶなと城間さんが言うもので……」

「目は覚ましたのか？」

「車の中で一度、ここへ入るときに一度。あとは寝ています。頭を割られたんで、ちょっとキテるかもしれないですね」

「そうか……」

仲松は城間の下に近づいて、布団の横に座り込んだ。

桑江も横に両膝をついて座る。

仲松は城間を見つめた。

城間の傷は仲松の想像以上に深かった。髪の毛には固まった血がこびりつき、割れた傷が晒されている。

口や鼻の周りにも血を拭った跡が筋となって残っていた。

「安達竜星ってのは、どんなヤツだ？」

「一見、ただの優等生っぽい高校生なんですが、戦い始めると、恐ろしく速くて、腰の入った重い突きや蹴りを矢のように繰り出してきます。あんなすげーの、見たことないですよ」

桑江は思い出して、震えた。

「城間さんが防戦一方でした。一度もパンチを出せないまま、ガードの上からの攻撃が利いてきて、ぐらっとしたところで安達が胴回し蹴りを出したんです。で、それをまともに食らって……」

「そんな大技をまともにか？」

「胴回しも大技とは思えないほど、速かったですよ。それで前に大きくぐらついたところに、安達が右膝を叩きこもうとしたんです。その時に、城間さんがオーバーフックを繰り出して、相打ちになり、二人とも伸びちまいました」

「安達のとどめは？」

「刺そうと思ったんですけど、パトカーが近づいてきてたんで、城間さんを連れて引き上げるのが精一杯でした。その後のことはわかりません。城間さんのパンチを食らってるんで、あいつも無事じゃないと思いますけど」

「相打ちでも、城間さんを気絶させたとはな」

仲松はかけていた布団をめくり、体を見た。

胸元は腕を絞りガードしていたせいか、きれいだ。が、二の腕や前腕、肩、首の斜め後ろ、あらゆるところに無数の痣ができている。

それも同じところに何度も打ち込まれたような黒紫色に腫れた部位も多い。攻撃が的確な証拠だ。

竜星が強いのは、桑江から城間が倒されたと聞いたときからわかっていたが、実際、城間の体を見ると、その強さは想像をはるかに超えていた。

「仲松さんはどこへ行ってたんですか？」

「ああ」

不意に訊かれ、一瞬言葉に詰まる。

「おまえからの連絡を受けて、警察の動向を探ってた」

とっさに嘘をつく。

「どうでした？」

桑江は疑うことなく、訊いてきた。

「安達がどうなったかはわからなかったが、ちょっと面倒な事態になってるな」

「やっぱ、事務所に踏み込んできましたか」

「ああ。一般の高校生をやっちまったからな。警察も黙ってるわけにはいかないわな」

適当にそれらしい事実を想像して話す。

「警察が踏み込む前に、書類やら手紙の類を処分しといてよかった」

「そんなことしてたんですか！　さすが、仲松さんだ」

桑江が讃える。

「まあ、基本中の基本だ。完璧な処分はできなかったがな」

一応、逃げは打っておく。

「で、郵便物もチェックしてきたんだが、こんなものが届いていた」

ショルダーバッグの中から、ＤＶＤのケースと封筒を取り出した。

「ＤＶＤは伊佐さんからのものだ。泰が渡久地ブランド復権への決意を語ってる。先に見せてもらったが、胸が熱くなったよ。タブレットに落としたから、城間さんが起きたら、見せてやってくれ。それと、こっちなんだがもっとすごいものだ」

桑江の前に封書を差し出し、送り先の名前を見せる。

「城間さんへの手紙ですか？」

「そうだ。誰からだと思う？」

「さあ……」

桑江が首をかしげる。

仲松はもったいぶって、ゆっくりと裏に返した。差出人を見て、桑江の目が大きくなる。

「渡久地巌さんからですか！」

桑江が興奮気味に言う。

巌の名前を聞いた城間の体が、ぴくっと動いた。

「どんな手紙ですかね？」

「わからねえ。城間さん宛だから、俺が見るわけにもいかないしな。ただ、泰が巌さんの面会に行ったと聞いてる。その泰がブランド復権を熱く語ってるんだ。メインの巌さんは、もっとすごいことを――」

話していると、城間がむっくりと起き上がった。

「城間さん！　大丈夫ですか！」

桑江は驚いて、声を上げた。

「城間さん、まだ寝てなきゃいけないですよ」

仲松が言う。

「なんのことはねえ。巌さんから手紙が来ただと？」

「はい……」

仲松が手元に目を落とす。

城間は仲松が持った封筒をひったくった。封を荒々しく破り、中身を出して、手書きの文面に視線を走らせる。

傍らから、仲松は手紙を覗いた。

驚いた。伊佐の脇で覗いた巌の字にそっくりだった。筆勢から感じられる力強さも寸分違わない。

城間が巌の字や手紙を見たことがあるかは不明だが、不審に思って巌を知る者にこの手紙を見せても、本物だと認めるだろう。

そのくらい、素晴らしい出来だった。

読み進める城間の目が爛々《らんらん》と輝いてきた。口元に喜びが滲む。

城間は最後まで読み終えると、感慨深げに目を閉じて、大きく息を吐いた。

「やはり、間違ってなかったな、俺は——」

城間は足下にかかっていた掛け布団をつかみ、放り投げて立ち上がった。埃やゴミが舞い上がる。

「城間さん、まだ動いちゃいけない」

仲松が立ち上がる。

「じっとしてられるか」

城間は仲松に手紙を差し出した。

「読んでみろ」

「いいんですか？」

「読めと言ってるんだ」

城間が仲松に押し付ける。仲松は手紙を手に取った。

伊佐が偽造することは聞かされていたが、中身までは知らない。

初めの一枚は、渡久地ブランドを復活させようと奮闘している城間への礼賛が綴られていた。

そして、二枚目には指示が書かれていた。

島へ戻るまでに、渡久地を追い詰め、座間味組を潰した者たちを処分するようにと記されている。

その標的は、安達竜星、楢山誠吾、金武と道場の師範代四人。

伊佐が〝厄介の種〟と呼んでいた者たちの名が連ねられていた。

巌の名前を使って、焚きつけるということか。仲松は胸のうちで納得する。

最後に期限が記されていた。

泰が一週間後に更生施設を出て、島に戻ってくるという。それまでにきれいにしておけという命令だった。

年内にカタを付けるつもりか、と仲松は思った。

そして、年が明ければ、松山は俺のもの──。

にやけそうになるのを必死に堪えた。

「仲松、仲間を集めろ。頭数はいらねえ。今度は本気で俺たちと島を獲るつもりのあるヤツだけでいい。三日後から、一人一人仕留めるぞ」

城間がドア口へ歩いていく。

「城間さん、どこへ？」

桑江が訊いた。

「傷を縫ってくる。これだけの連中を殺るには、体調万全にしなきゃならねえからな」

「けど、警察が俺らを捜してますよ」

仲松が言った。

城間はドアに手をかけ、立ち止まって振り向いた。

「邪魔するヤツは、サツだろうと全殺しだ」

ギラリと光る双眸《そうぼう》に狂気が宿る。

仲松と桑江は息を飲んだ。

城間が出て行く。仲松たちは大きく息を吐いた。

「どうします、仲松さん……」

「どうもこうも集めるしかねえな。巌さん直々の命令だ。今度しくじったら、俺らも命ねえぞ」

仲松は桑江を脅した。

「でも、仲松さん。こんなこと言ったら殴られるかもしれねえですけど、俺、あの安達ってガキにも敵う気がしないんですよ。それと同じぐらいの、いや、ひょっとしたらあのガキ以上に強え連中を六人もやらなきゃならないなんて、無理です」

「無理でもやらなきゃ、殺されるぞ」

「逃げきりゃいいんでしょ？」

「どういう意味だ？」

「城間さんを売っちまいましょう。重成とか金沢を殺ったのは城間さんだ。城間さんを動かしてるのは伊佐さんだから、なんだったら伊佐さんも売っちまえば、俺ら逃げられますよ」

「本気で言ってるのか？」

仲松が睨む。

桑江は怯んだが、主張をやめなかった。

「もう疲れたんですよ。最初のうちは楽しかったですよ。次々と松山の店を落としてった頃は。けど、勝手に暴れられて、後処理は俺らの役目で、乱闘もほとんどは俺たちの仕事。なのに、ちょっとミスっただけで殴られるし、怖《こえ》思いさせられるし。その上、安達みたいな化け物クラスの連中の相手をさせられるなんて、正直、耐えられません」

「タレこむつもりか？」

「城間さんがうろうろしてたら、やべーじゃないですか。檻に入ってもらうのが一番だ」

桑江は言い切った。

「そうか……」

「仲松さんも逃げましょうよ。もう、渡久地ブランドの復権なんて、城間さんの妄想に付き合うことはねえですって」

　桑江が言う。

「そうだな」

　仲松は笑みを見せた。

　桑江の顔にも笑みが浮かぶ。

「そうと決まれば、さっさと出よう。いい隠れ家知ってるんだ」

「そりゃ、ありがたい。行きましょう」

　桑江がドア口に駆け寄る。

　仲松はショルダーバッグを肩にかけた。

「おまえみたいな雑魚に、俺の松山獲りのジャマはさせねえぞ」

　桑江の背中を見据え、バッグの中に入れている銃を外から握った。

第五章

1

内間は大分刑務所に来ていた。今日は一人ではなかった。隣に泰がいる。

受付で諸手続きを済ませている間、泰は終始、緊張して顔を強ばらせていた。

「では、こちらへ」

刑務官が内間と泰を案内する。

泰の足取りが重い。

先を歩いていた内間は立ち止まり、泰の下に歩み寄った。

「どうした？」

笑顔を向ける。

「なんで、俺が呼ばれたんですかね……」

泰はうつむいた。

内間は手紙で、巌に沖縄の状況を伝えた。

巌の手紙は城間に届いているはずだった。が、城間の行動は治まるどころか、ますますエスカレートし、ついには真昌や竜星を襲った。

巌は激怒し、内間に泰を連れてくるよう連絡を入れた。

内間は泰の担当医に外出許可をもらい、泰を連れて面会に訪れていた。

「なんか、怒られるんですかね？」

「わからんが、怒られるってことはねえだろ。弟の顔を見たかったんじゃないか？　考えても仕方ねえ。行くぞ」

肩に手を回し、歩き始める。

泰は内間に押されるまま、歩を進めた。

面会室に入る。アクリル板の前に置かれたパイプ椅子に並んで腰を下ろす。

少しして、向かいのドアが開いた。

泰は座り直し、背筋をピンと伸ばした。

巌が姿を見せた。手錠を外され、椅子に促される。一礼した巌はゆっくりと座った。

「よく来たな、泰」

笑顔を見せる。

「にーにーも元気そうだね」

硬い笑顔を作る。

「朝早く起きて、三食しっかり食って、酒も飲まず、規則正しい生活してるからな。健康になり過ぎて困る」

巌は笑みを濃くした。

「おまえは大丈夫か？」

「こうして出歩けるようにはなってる」

「よかった。心配したぞ」

巌は目を細めた。

優しげな巌の顔を見て、泰の緊張もほぐれてきた。

「内間、竜星は？」

「意識は戻りました。頬にプレートは入ってますけど、特に後遺症もなさそうです」

「そりゃ、よかった」

「しかし、あいつもすごいヤツですね。素手で戦って、あの城間の脳天をかち割ったってんですから」

内間が言う。

城間と戦った？　竜星が？

泰は初めて聞く話に、目を丸くしていた。そのまま聞き耳を立てる。

「竜星なら特段驚くことじゃない。それよりも、竜星が一発食らったことに驚いてるよ。城間も相当だな」

「何の話ですか？」

泰は我慢できずに訊いた。

「ああ、おまえには話してなかったな」

内間が見やる。

「城間が真昌の家を襲ったんだよ」

「安里のところを！」

驚いて、目を見開く。

「真昌はいなかったんだが、そこにちょうど竜星がいてな。城間とぶつかった。現場にいたヤツの話だと、竜星が膝をぶち込むと同時に、城間のフックを食らって、ダブルノックダウンだったそうだ」

内間が話す。

泰は自分たちが竜星と対峙した時のことを思い出した。

戦いなどではなく、圧倒的な力と覇気の差で十秒ももたずに、自分と剛は倒された。

城間と向き合った時の竜星は本気モードだったに違いない。全力の竜星もぞっとするが、その竜星を相打ちとはいえ倒した城間にも怖さを覚えた。

「島の状況は？」

「変わらずです。城間は竜星と戦った後、雲隠れしているみたいですが、ヤツがこのままおとなしくしているとは思えねえと、楢山さんも言ってました。楢山さんは今、金武道場の島袋さんの家で、湯沢という若いのを匿ってます」

「湯沢？」

泰は思わず顔を上げた。

「知ってるのか？」

巌が問う。

「あ、いや……」

泰はすぐ顔をうつむけた。

内間が泰に顔を向ける。

「泰、気づいたことがあれば、話してくれ。今、島が城間のせいで荒れてんだ。よその話ならほっとくんだが、巌さんやら竜星やらが巻き込まれてるんでな。なんとか収めてえんだよ」

促す。

泰はうつむいたまま、拳を握り締めた。逡巡し、心を決めたように顔を上げる。

「オレが入院することになったのは、湯沢と木内ってヤツらが更生施設に火を点けたからなんだ」

「同じ更生施設にいたのか？」

巌の問いに、泰はうなずいた。

「たぶん、その湯沢だと思う」

「なぜ、そう思うんだ？」

巌が訊いた。

泰は再び、顔を伏せた。大きく息をついて、しっかり顔を上げる。

「施設に伊佐さんが来たんだよ」

伊佐の名を聞いて、巌と内間の顔が険しくなった。

「伊佐さんは、オレが湯沢たちに金をたかられていたところを助けてくれたんだ。で、オレに、島に戻って渡久地ブランドを復活させようと言ってきた」

「やっぱり、あの外道《げどう》が絵を描いてやがったのか」

内間が吐き捨てる。

「オレは断わったんだよ。渡久地の名前を背負ってたのは巌にーにーだし、剛もオレも竜星にやられたし。伊佐さんって、昔からなんか信用できないし。更生施設に入って、飯嶋先生と会って、なおさらもうそんなのはいいかなと思って」

「大人になったな」

巌が微笑む。

泰は少し頬を緩めたが、真顔になって話を続けた。

「で、内間さんが見舞いに来てくれた後、伊佐さんが病院を訪ねてきたんだ。その時、伊佐さんの仲間にやられた湯沢と木内の姿を見せられた。湯沢が島にいるなら、伊佐さんに連れていかれたんだよ。拉致って運ぶわけにはいかないだろうから、なんかうまいこと言って、島に来させたんだよ、きっと」

一度話し始めた泰は、胸の奥に抱えていたものを吐き続けた。

「伊佐さんはその時も、渡久地がナメられてるとか、剛にーにーの仇を取れだとか煽ってきた。でも、もうそういう世界には関わりたくねえと言ったんだ。そうしたら、剛にーにーにメッセージを届けたいというんで、動画を録ってもらったんだ。オレはにーにーに言ったんだよ。これからはオレらも、巌にーにーも含めて、普通に暮らそうって。オレたちに普通なんてなかったから、普通に生きてみようって」

話しているうちに熱くなってきたのか、目頭が涙で滲んでいた。

「回り道したが、おまえには年少も更生施設もよかったみたいだな。俺もここを出たら、普通に生きるぞ。太陽の下で堂々とな」

巌が言う。

泰の横で、内間は腕組みをし、小難しい顔をしていた。

「なんだ、内間？　俺らが普通になるのがおもしろくねえのか？」

巌が睨む。

「あ、いや、そうじゃねえんですよ。泰、伊佐は動画を録ったと言ったな？」

「はい。ちゃんと伝えろって言って、結構長い時間、録ってもらいましたよ」

「なるほどなあ」

腕を解いて、巌を見やる。

「巌さん、やられたかもしれねえですよ」

「何をだ？」

「近頃は、写真と声のデータさえあれば、動画なんて簡単に加工できます。巌さんからの手紙も城間に渡る前に取っちまえば、中身はいくらでも書き換えられます。伊佐が城間を煽ってるなら、巌さんの手紙も、泰の動画も、渡久地ブランド復活を煽るような内容に変えられてるかもしれねえ」

「それはあるな……」

巌の眉間に縦皺が立った。

波島組《はじま》にいた時、有価証券やパスポートの偽造を専門の組織に頼んだことがある。どんな連中かは知らないが、兄貴分は、偽造組織はどんなものでも本物以上に本物らしく作り上げると言っていた。

伊佐も元組員。偽造グループやそれを得意とする者を知っていてもおかしくない。

手紙を加工し、泰が自分の名代として渡久地ブランドの復権を煽るような動画を見せられたとすれば、城間が勢いづくのも納得できる。

「泰」

呼びかけて、正視する。

泰は座り直し、腿に両手を置いて背筋を伸ばした。

「おまえが止めてこい」

「えっ？」

「それを頼むために、今日、おまえを呼んだ。俺の名代として、おまえが城間の暴走を止めるんだ」

巌が落ち着いた声で言う。

泰は動揺した。黒目が右往左往している。

「泰、普通になりてえなら、因縁にカタをつけろ。めんどくせえし、これからも因縁は付きまとうが、そいつを振り払っていかねえと、俺らはまともになれないんだ」

巌が含める。

泰は飯嶋のことを思い出していた。飯嶋も更生施設の職員に定着するまでは過去の因縁に苦労させられたと語っていた。

　今目の前にいる巌が、過去に負けず、人生を取り戻した飯嶋の姿とダブった。

「おまえが城間に引導を渡せ。一人で無理なら、楢山さんや金武さんを頼ってもいい」

「俺もいるさー」

　内間が背中を叩いて、笑顔を向ける。

「過去は取り戻せねえ。けどな、泰。未来は自分で決められる。おまえ自身の未来を創るために、過去を断ち切ってこい」

　巌は強く泰を見つめた。

　泰は巌を見つめ返した。まっすぐに向けられた巌の目を見ているうちに、揺れていた泰の黒目が止まった。

「わかったよ、にーにー。行ってくる」

　迷いがなくなった泰の双眸には、凜《りん》とした輝きが宿った。

2

　仲松は桑江を乗せて、喜屋武岬の近くに来ていた。車を降り、雑木林を下って、ガマの前まで来る。

ガマというのは、沖縄語で自然にできた鍾乳洞《しょうにゅうどう》や洞窟のことを指す。沖縄には二千を超えるガマがあり、太平洋戦争当時は住民の避難場所としても使われた。

「ここにしばらく身を隠して、騒動が収まったら島を出よう」

仲松は言い、ガマに入ろうとした。

「そんな面倒なことしなくても、今すぐ出ちまえばいいんじゃないですか？」

「伊佐さんも戻ってきてるんだ。見つかったら、殺られんぞ」

仲松はなんとか桑江をガマへ誘い込もうとして、口が滑った。

「伊佐さんが？」

背後で桑江が言う。

しまったと思ったが、時すでに遅し。仲松はショルダーバッグの中に手を入れた。

「俺、聞いてないですよ」

「急だったんで、俺だけに連絡があったんだ。俺から、おまえらに伝えといてくれと頼まれた」

振り返りざま、銃を取り出す。背後の桑江に銃口を向けた。

が、桑江の姿がない。顔を振る。桑江は真横にいた。

桑江が仲松の右腕を握った。引き金にかけた指に力が入る。

発砲音が轟いた。銃声がガマに反響する。放たれた弾丸が岩の端を砕いた。

桑江は両手で仲松の前腕を握りしめた。仲松は桑江の手をほどこうともがくが、離れない。

桑江の指が食い込み、指がしびれて力が抜けた。

桑江は仲松の腕を振った。仲松の手から銃が落ちた。

仲松は銃を拾おうと前屈みになり、左手を伸ばした。

そこに桑江の右膝が飛んできた。顔面にまともに食らい、鼻から血飛沫を噴き上げ、よろよろと後退する。

踏ん張ろうとしたが、小さな岩に踵が引っ掛かり、仰向けに倒れた。尖った岩の上に背中から落ちる。岩先が背中に突き刺さる。

仲松は仰け反り、目を剝いた。

桑江は銃を拾った。

「なんで、こんなもの持ってんですか？」

銃把を握り、仲松に銃口を向ける。

「伊佐さんに、何を言われたんですか？」

撃鉄《げきてつ》を起こす。シリンダーが一穴動いた。

仲松の顔が引きつった。

「し……城間さんを殺せと言われたんだ！」

「城間さんを？　ほんとかなあ」

「マジだ！」

声が上擦る。

「金武や竜星を殺ったあと、城間さんを始末すれば、松山を仕切らせてやると言われたんだ」

「へえ。それで、なんで俺に銃を向けたんですか？」

桑江はいきなり発砲した。

仲松の身が硬直した。

桑江は肘を曲げていたので、腕が跳ね上がった。銃口も上を向き、飛び出した弾丸は軌道を逸れ、仲松の頭の先にある岩を抉った。

仲松がほうっと安堵の息を吐く。力が抜けた途端、全身が震え、尿が漏れた。

「松山を独り占めしようと思ったんでしょ？」

「違う」

「汚ねえなあ。仲松さんだけは信じてたのに」

また、撃鉄を起こし、仲松を狙う。

「勘違いだ。ほんとにおまえと逃げようと思って——」

話している途中で、桑江が再び発砲した。

仲松は横向きになり、頭を抱えて丸まった。

放たれた弾丸はまた逸れて、岩に生えた木の幹を抉った。

「当たんねえもんだなあ」

硝煙《しょうえん》漂う銃口を見つめる。

武器を持っているせいか、桑江は余裕を見せていた。

仲松は手に触れた岩の欠片を握った。大人の拳ぐらいの大きさだ。

「けど、こいつ持ってりゃ、城間さんも怖くないですね。仲松さんの代わりに、俺が松山を――」

言いかけた時、目の端で影が動いた。

あわてて、影の方を向く。仲松が向かってきていた。撃鉄を起こして、銃口を向ける。

仲松が手に持った岩片を振り下ろす。桑江は仲松の胸元に銃口を押し付け、引き金を引いた。

くぐもった銃声がした。仲松が目を見開く。胸元を貫いた弾丸が背中を突き破った。

仲松の腕は止まらなかった。岩の欠片が桑江の左眼に当たった。眼底の骨を砕き、食い込んだ尖端が眼球を潰して、その奥の肉や神経を裂いた。

仲松は前のめりに倒れた。仲松を抱いて、桑江も倒れる。重なり合った分、桑江が倒れるスピードが増し、重さが乗った。

細かい岩の尖端が背中全体に突き刺さる。受け身が取れず、後頸部《こうけいぶ》を岩の尖りに打ちつけた。全身にびりっと電気が走った。

倒れた拍子に、引き金を引いた。ドウッと音がし、仲松の体が少し撥ね上がった。背中からしぶいた血が桑江の顔に降りかかった。

左眼を押さえたくて腕を上げようとする。が、腕はぴくりとも動かない。

体にのしかかっている仲松を振り落としたいが、首から下がまったく動かせない。胸元に乗っている仲松の重みすら感じない。

どうなってんだ……?

首を起こそうとしたが、それもできない。

助けを呼ぶために叫ぼうとしたが、喉が潰れたような感じがして、発した声は呻きにもならずに口からこぼれた。

左眼の痛さだけが増してくる。ドクドクとあふれる血が右眼に流れてくる。視界が赤く染まる。

「う……ううう……」

助けてと叫んでいるが、声にもならない呻きだけが漏れた。

少しして、息苦しくなってきた。息を吸おうとするが、思うように空気が入っていかない。

こんなところで、死にたくねえ！

頭の中で絶叫する。

誰か、助けてくれ！　誰か——。

右眼から涙がこぼれる。

自分の人生はなんだったんだろうかと思う。

二十年と少ししか生きていない。こんな淋しいところで、信じていた先輩に裏切られて死を迎えるなど、想像もしていなかった。

太く短く、悔いのないよう好きに生きる。

城間や仲松の姿に浪漫を感じ、行動を共にしてきた。

だが、描いていた浪漫の欠片もない最期を迎えようとしている。

こんなはずじゃなかった。最強の組織の一人として、周りの男たちに恐れられながらも尊敬される〝漢《おとこ》〟になっているはずだった。

しかし、現実はあまりに無様だ。

仲間に命を狙われ、抵抗するも一撃を食らって倒れ、神経が寸断されて動けなくなり、自分ではどうにもできない状態で死を待つのみ。

ヤクザ映画のチンピラでも、ここまでしみったれた死に方はしない。

あまりに情けなくて、涙が止まらない。

こんなことなら、粋がらず、普通に生きてりゃよかった。

普通に過ごして、大学に行ってみたり、就職して同僚と飲みに行ったりしていれば楽しかったのかなあ。

少なくとも、こんな哀れな死に方をすることはなかっただろうな。

戻りてえなあ。戻りてえ……。

思考が朦朧《もうろう》として、まどろみ始めた。

まもなく桑江は、鬱蒼《うっそう》と茂る枝葉の隙間に覗く空を見つめたまま、事切れた。

3

伊佐は、中《なか》の社交街にある元組員のバーの奥にある個室にこもっていた。

ホテルや貸別荘を借りられるだけの資金はあるが、城間がこれから事を起こすことを考えると、足跡は残したくない。

うまくいけば、そのまま松山に赴いて仕切る準備を始める。しかし、城間が下手を打った時は、人知れず島を離れる。

城間がどうなろうが、知ったことではない。捨て駒に道連れにされるのはごめんだった。

饐えた臭いのする薄暗い部屋にいると、十代の頃を思い出す。

両親には見放され、学校ではばい菌扱いされ、勉強もスポーツもくだらないものとしか思えなかった。唯一、得意としていた暴力をふるえば、警察や敵に追い回され、面倒なヤツと烙印を押され、周りから人が離れていく。

気がつけば、いつも家の離れにある薄暗い納屋に独りこもっていた。

そして、わずかに差す光の中に舞う埃を何時間も見つめていた。

希望も夢も見いだせなかった、あの日々――。

自分を弾いた世の中と、納屋に追い詰めた普通の連中に一泡吹かせたいがために、プロの暴力集団の中に飛び込んだ。

ヤクザの世界は好きだった。

時々、面倒極まりないトラブルを持ち込まれることもあったが、基本、自分の腕と頭だけで金を稼ぎ、のし上がることができた。

看板を背負うと、それまで自分をバカにしていた連中もへこへことひれ伏すようになった。

力を持ったこともうれしかったが、何より心を満たしたのは、自分を認めてくれる者たちが周りにいたことだ。

両親に、頼むから死んでくれ、とまで言われた自分の居場所が、ヤクザの世界にはあった。

それをすべて剝ぎ取られた。

伊佐の忌み嫌う、正義を標榜する者たちが、やっと見つけた安息の地を破壊した。

連中を叩きのめし、もう一度、自分の場所を取り戻す。

薄暗い部屋は嫌いだが、こもっていると力が湧いてくる。

泡盛のボトルを握り、口をつけたとき、ドアがノックされた。

「誰だ？」

手を止め、ドアを睨む。

「木庭《こば》です」

「入れ」

伊佐が言った。

ドアが開き、背の高い一見今どきのイケメンふうの男が入ってきた。伊佐を見て、一礼する。

木庭武《たけし》は、伊佐が城間グループの動向観察のために雇った関東出身の男だ。世話になっていた福岡の組長から紹介してもらった。

木庭は半グレ集団の頭で、首都圏で五十人ほどの部下を従えていたこともある。

今も組には属していない。反社会勢力とは関係ないという顔を作りながら、いろんな組と緩やかにつながり、互いの利益を享受している。

木庭が伊佐に協力しているのも、利益享受のためだ。

伊佐が松山を治めた後、木庭はコンサルタントや酒の卸業などで各店舗に入り込み、売り上げの三パーセントを接取することになっている。

伊佐とは違い、ビジネスライクに暴力組織を束ねている者だ。いけ好かないヤツだが、今は使える者は使いたい。

木庭は、かつての部下を城間グループや城間の手に落ちた店舗に送り込み、全方位で情報が取れるよう、網の目を張っていた。

おかげで、伊佐は城間たちの動きを的確に把握できていた。

「三点、報告が」

木庭が言う。

伊佐がソファーを顎で指すと、ドアに近い端に腰を下ろした。

「まず、一点。仲松が桑江と争って、二人とも死亡しました」

「何やってんだ。使えねえヤツだったか、仲松は。まあ、死んだ者は仕方ねえ。次」

伊佐は何の感慨もなく、進めた。

「安達竜星の入院先を見つけました。糸満市の南部総合病院です」

「それは、城間の耳に入れろ。あいつなら必ず、殺りにいく。もう一つは？」

「湯沢の潜伏先が判明しました。金武道場の師範代、島袋の祖父母が残した浦添の一軒家です」

「城間にタレこんで、始末させろ」

「問題があります。そこには、島袋だけでなく、元県警の楢山、道場長の金武と島袋以外の師範代三人も詰めています。湯沢の防護をしていると思われます」

「揃ってるのか。ちょうどいい」

伊佐はスマホを出すと、店のマスターに電話を入れた。

「……ああ、俺だ。いや、まだ酒はある。それより、発破、手に入るか？　マイトでいい。ああ……わかった、頼むわ」

電話を切る。

木庭を見た。

「二時間後、ダイナマイトが手に入る。城間の連中じゃ、頼りにならねえから、おまえのところでやってくれねえか？」

「契約にないですよ」

「取り分五パーセントにする。マイトぶち込むヤツには、すぐ三百万出す。それでどうだ？」

「悪くないですね。わかりました」

木庭はさらっと応じた。

「全員、ぶっ飛ばしちまえ」

伊佐は不敵に片笑みを浮かべた。

4

楢山は島袋の家のリビングにいた。島袋の他に、金武や照屋《てるや》、与那城《よなしろ》、安座間の顔もあった。

城間と格闘した安座間は、顔や腕に絆創膏を貼っていた。頬や首筋には紫色の痣が点々と残っている。

かなりの打撃を食らっていたが、致命傷となるものはなかった。

それもこれも、止めに入った真昌のおかげだと語っていた。

楢山は真昌を南部総合病院に送った。治療のためもあるが、竜星の警護のためもある。

万が一、城間たちが病院にまで姿を現わしたら、竜星を連れて脱出しろと伝えていた。

楢山はこの家に金武たちを呼んで、今後のことを話し合っていた。

金武たちと合流する少し前、楢山と島袋は、湯沢から事の次第を詳細に聞いていた。

湯沢自身、抱えているのがつらくなったようだった。

湯沢は、楢山たちにすべてを話すと、また眠りに就いた。薬が効いたこともあるが、それ以上に心身が疲弊しきっていたようだ。

自分らの腹いせに、泰をいたぶっていたことも、伊佐の甘言と脅迫から逃れられなくなり、施設に火を放ったことも、決して許されることではない。

だが、そのために城間たちから激しい暴行を受け、挙句、城間の仲間を殺し、友人が死んでしまった。

いくら悪童といえ、十代の少年がすべてを受け入れるには重すぎる現実だった。

話を聞いた金武たちも押し黙った。

しばらくは、お通夜のように静まり返っていた。

日が落ちた頃からようやく、楢山の主導で今後の話し合いが始まった。

ポイントは三つ。

一つは、城間の手から竜星や真昌、安里家を守ること。これは、楢山が紗由美や節子と相談し、真栄と安里のおばー、真昌の三人をしばらく安達家で匿うことで話がついた。

次に、竜星のことだが、まだ二週間は退院できないので、その間、真昌の他に誰か一人、必ず病室にいられるよう、交代で見舞いに行くということで決着した。

三つ目は、湯沢のことだ。本当なら警察に引き渡して、証言と引き換えに保護と治療を頼みたい。

が、湯沢は警察の保護には激しい抵抗を見せた。

本人も警察に頼ることが最善の方法だとわかってはいた。しかし、どうしても〝捕まる〟ということに強い拒否感があるようだった。

楢山は組対部の比嘉に状況だけは伝え、湯沢が落ち着くまで自分たちの手元で保護することを決めた。

「そこでだ。しばらく、この家で寝起きしてはどうかと思っているんだが」

楢山が言う。

「つまり、共同生活をしながら、竜星の病院に行ったり、安達家の様子を見に行ったりするということですね？」

照屋が確認する。

「うちは、真栄と真昌がいるから大丈夫だ。比嘉もうちの周辺のパトロールを強化してくれる。俺もここに泊まり込んで、湯沢の護衛にあたるよ」

「俺はかまいませんよ」

金武が言った。

「俺も手伝わせてください」

安座間が言う。照屋と与那城も首肯した。

「みんな、ありがとうな。じゃあ、予定を決めよう――」

楢山が次に進もうとした時だった。

表からバイクの音が聞こえた。

島袋の祖父母の空き家は高台の突き当たりにある。ここから先、道はない。

島袋も同じ違和感を覚えたようで、楢山と目を合わせてうなずくと、窓際に駆け寄った。壁に背を当て、カーテンの隙間から外を覗く。

二人乗りしたバイクが家の前で停まっていた。二人ともフルフェイスのヘルメットを被っていて、顔はわからない。

島袋が外を見ながら、指を右、左と振った。

楢山は湯沢の部屋に入った。金武は玄関へ、照屋は台所の勝手口、与那城と安座間は家の裏手に回った。

島袋はバイクを凝視していた。

運転していた男が手にしたスマートフォンと家を交互に見やり、後ろに乗った者に顔を向け、うなずいた。

後部シートの者が降りた。ショルダーバッグを提げている。バッグは膨らんでいた。

そこに手を突っ込み、何かを取り出した。筒状のものを握り、オイルライターで火を点ける。先端で火花が弾けた。

「爆弾だ！」

島袋が叫んだ。

「みんな、家を出ろ！」

楢山が声を張った。同時に、湯沢を掛け布団で包んで肩に抱えた。

湯沢は驚いて暴れる。

「じっとしてろ！」

楢山は怒鳴って、湯沢を片腕で抱え、杖を突いて裏手に駆け出した。

金武は玄関から飛び出した。島袋も庭に飛び出る。

ダイナマイトらしきものを握った者はいきなり出てきた金武と島袋に驚いて、筒を庭に投げ込んだ。

島袋は植木の幹の下に飛び込み、頭を抱えて伏せた。

金武はバイクに向かって走った。

その時、爆発音が轟いた。鳴動し、爆炎が噴き上がる。金武もとっさに地面に伏せた。

庭に面した窓のガラスが砕け散った。

庭石が砕け、木の幹に刺さる。吹き飛んだ土が島袋に降り注いだ。

裏手に脱出した安座間たちも、衝撃を感じ、頭を抱えてその場にしゃがんだ。

楢山はまだ廊下だった。とっさにその場に屈み、湯沢を下ろして、布団の上から覆い被さった。

「なんですか、今のは！」

湯沢が震える声で叫んだ。

「爆弾だ！」

楢山は再び湯沢を抱えて立ち上がった。

爆弾を投げ込んだ者は、火が付いたままのオイルライターをショルダーバッグに放り込み、ハンマー投げのようにバッグの紐をつかんで振り回し、家に向かって投じた。

大きく弧を描いて宙を飛んだバッグが、割れた窓から家の中に入った。

中にあったダイナマイトが数本、転がり出る。何本かの導火線には着火していた。

楢山は庭の方へ体を向けた。片足で床を蹴り、窓枠を破壊し、湯沢を抱えたままダイブした。

複数本のダイナマイトが同時に爆発した。

凄まじい威力で、壁や屋根を吹き飛ばした。爆炎がカーテンや木枠に飛び、炎が噴き上がる。

爆風に煽られた楢山は空中で湯沢を放り投げた。体を丸める。

島袋が幹の陰から飛び出し、背中で落ちてくる湯沢を受ける。湯沢がのしかかってきた。

島袋は息を詰めた。

楢山の体に壁の破片が突き刺さった。尻や背中に無数の破片が襲いかかるが、急所はガードできていた。

アルマジロのように丸まったまま地面に落ちて転がる。

「湯沢は！」

「大丈夫です！」

島袋が答える。

楢山は体を開こうとした。

その時、火が点いていなかったダイナマイトが炙られ、爆発を起こした。

家の上半分が吹き飛んだ。庭木が爆風で根こそぎ倒される。

島袋は湯沢を巻いた布団を懐に抱きしめた。楢山も丸まったまま、家の外に出ていた金武たちも頭を抱えて地に伏せた。

炎が楢山の髪をチリッと焼いた。そのあと、瓦礫の山が空から降ってきた。

瓦礫は周りの家にも降り注ぎ、屋根や窓を破壊した。

爆音を受け、耳鳴りがし、楢山の耳は聞こえなくなっていた。キーンという音しか聞こえない中、家の中で爆発が繰り返し起き、噴火する火山のように、炎と瓦礫を噴き上げていた。

楢山は頭を抱えながら、道路を見やった。

バイクの姿はない。

「逃げられたか」

舌打ちする。

しばらく、身を伏せたまま動けなかった。

どのくらい丸まっていただろうか。五分、十分……。ようやく爆発が治まった。

楢山は体を伸ばした。全身に痛みが走る。上体だけ起こして、その場に座った。

家は跡形もなく破壊されていた。炎は勢いを増し、残骸を焼き尽くそうとしている。

島袋が湯沢を右肩に抱えて、歩み寄ってきた。

「立てますか？」

楢山に左手を伸ばす。島袋も頭を負傷して、顔に血が流れていた。

「大丈夫だ」

手を借り、立ち上がる。ズキンと痛みが走り、膝が落ちそうになる。島袋がグッと支える。楢山は島袋の左肩に手を置いて踏ん張った。

「離れましょう」

島袋が楢山を気づかいながら、路上に向かう。

裏手から安座間たちが駆け寄ってきた。みな、傷を負っていたが無事だった。

楢山は与那城の肩を借りた。そして、全員で安全なところまで離れる。湯沢を地面に降ろすと、島袋はその場に座り込んだ。楢山も横に座る。

「こないだは道場、今度は俺のおじーとおばーの家。爆破の呪いでもかかってるんですかね？」

島袋がぼやく。

その場にいる者たちは一様に笑った。

「湯沢は？」

「二度目の爆発でこれです」

掛け布団をめくる。

意識を失っていた。

「悪化したんじゃないのか？」

「呼吸が弱っている感じはありません。間近で爆破に遭って肝を潰したんでしょう」

「だったら、かわいいもんだが、万が一もある。ひとまず、佐々野先生のところへ連れて行け。おまえも頭の怪我を診てもらえ」

檜山が言う。

「それを言うなら、檜山さんも一緒に。腕がざっくりやられてんじゃないですか」

島袋に言われ、檜山は右の二の腕を見た。服が裂け、白い筋肉が見えるほど深い傷を負っていた。

まったく気づいていなかったが、傷を目にした途端、疼きと痛みが出てきた。

「仕方ねえ。全員一緒に行くか」

顔を上げて、集まった者たちを見渡す。

「ん？　金武は？」

「あれ、そういえば……」

照屋が周りを見やる。他の者たちもきょろきょろとして金武を捜した。

と、坂の下から金武が上がってきた。片手に一人ずつバイクスーツを着た者の襟首をつかみ、引きずっている。

「おーい、クソども捕まえたぞー」

金武は楢山たちを認め、笑みを見せた。

照屋と与那城が金武に駆け寄った。

金武が捕まえた者を一人ずつ受け持ち、後ろ手をねじって立たせる。

金武にやられたのか、顔がパンパンに腫れている。二人とも、ライダースーツの左半分が擦り切れていた。膝を崩しそうになるたびに起こされ、よたよたと坂を上らされる。

二人を楢山の前まで連れて行き、手を離すと、同時に座り込んだ。

楢山は金武を見た。

「よく捕まえたな」

「一度目の爆発で地に伏せて、逃がしたかと思いながら追いかけたら、こいつら、坂の下で路肩に転がってたんですよ。自分らで仕掛けた発破の爆風ですっころんだらしい。信じられねえ、アホだ」

　金武は二人を見下ろし、失笑した。

「ダイナマイトをまとめて投げる予定はなかったんだろう。あんだけの量をまとめて爆発させりゃあどうなるか、知らなかったんだろうな」

　楢山はうなだれる一人の髪の毛をつかんだ。

「バカに凶器を持たせると危ねえって典型だ」

「おまえら……なんでみんな生きてんだ……。バケモンか」

　戦意を失った黒目が揺れる。

「鍛え方が違うんだ、若造」

　引きずり寄せ、顔を近づける。

「知ってること、全部話せ。でねえと、死ぬより怖え思いをすることになるぞ」

　楢山が低い声で唸った。

5

　面会時間が終わり、真昌は南部総合病院を出た。

　真昌はここで治療は行なったが、入院は必要ない。なので、泊まり込みはできない。

そこを押して強引に泊り込めば、竜星はすぐに何かあると察するだろう。

仕方なく、病院を後にしていた。

楢山に、真昌も含めた安里家の者は、竜星の家へ戻るよう指示されている。

車でまっすぐ北上すれば、病院から竜星の家までは三十分かからないくらいだ。が、真昌は万が一を考え、毎回帰宅ルートを変えていた。

今日は、バスを使って奥武山《おうのやま》公園駅まで出て、そこからゆいレールに乗り、安達家の最寄りから二つ手前の儀保《ぎぼ》駅で降りて、首里のあたりをうろついて戻るつもりだった。

時間にして三倍の一時間半はかかるが、紗由美たちに迷惑をかけるよりはいい。

バスに乗り込んだ真昌は、大きめのマスクで顔を覆い、ピラーで身を隠しつつ、外の様子を注視していた。

とりあえず、奥武山公園駅までは特に怪しい気配は感じなかった。

三十分弱、バスに揺られて、奥武山公園駅近くのバス停で降りる。周囲の気配に神経を尖らせ、ゆいレールの駅の改札を潜った。

ホームに立つ。パラパラと人がいる。同年代の少しヤンキーふうの者たちが多い気もするが、夜の九時前、これから繁華街に出る者や遊んでいて帰宅しようとする者たちがいるのは不思議でもない。

ただ、不良っぽい輩を目にすると、今の真昌には誰もが敵に映る。

モノレールが入ってきた。二両編成の後ろの車両に乗り込む。

車いすスペースに行き、前後の車両が見渡せるよう、壁を背にして立った。

車内に人は少ない。コロナがなければ、午後九時前後でも観光客でごった返しているが、人々の移動が制限されている現在では、地元住民の移動も少なく、どちらかといえば閑散としている。

男たちが乗り込んでくると、真昌は違和感を覚えた。

ホームにばらついていたヤンキーふうの男たちは、前後車両の連結部に近いところに集まって座っている。

他の座席も空いているのだが、そこには座らない。ドアを背に立っている者もいた。

モノレールは漫湖の西側を渡り、大きく左に回り、川沿いを進んで壺川駅に到着した。

嫌な感じがした真昌は、モノレールから降りようとした。

と、ドア口に立っていた男が行く手を塞いだ。ヤンキーふうの男たちが一斉に立ち上がり、真昌を囲う。連結部の向こうからも男たちが迫ってきた。十名ほどいる。

さらに、ホームから似たような男たちがわらわらと乗り込んできた。

「おら、出ろ！」

新たに入ってきた男たちは、他の乗客を無理やり降ろした。

真昌は男たちの隙間から、前後の車両を素早く見た。前の車両に最後に乗り込んできたのは、城間だった。

真昌は目の前の男を殴った。

不意をつかれ、男がよろける。その隙に逃げようとしたが、他の男たちに胴や襟首をつかまれた。

もがいているうちにドアが閉まり、モノレールが動き始めた。

真昌は後部車両の中央に引きずり出され、座らされた。男たちが囲む。城間が真昌を見据え、近づいてきた。

「やっと、見つけた」

にやりとする。

「おまえら、正気か?」

真昌は城間を睨み上げた。

「モノレールに乗っただけだ。おかしいか?」

からかうように言う。

「一緒に来てもらおうか」

「おまえらと付き合うつもりはねえよ」

「ほお、これでもか?」

城間は脇にいた男を見た。

男はスマートフォンを出し、操作して、画面を真昌に見せた。

薄暗い部屋で、腫れあがった血だらけの顔でぐったりとしている金髪の男が映っている。

誰かが男の髪の毛をつかんで顔を上げさせた。

——真昌、助けてくれ……。

浜川だった。

真昌は画面を睨んだ。

——助けてくれ……。

浜川は呻くだけ。

髪の毛を離すと、ガックリと落ちた。口から出た血の塊が胸元で撥ねる。

「おまえら、何したんだ……」

真昌が気色ばむ。

「俺に蹴りを入れたおまえを連れてきたのはこいつだろ？　おまえの代わりに制裁を加えただけだ」

城間が笑む。

「ふざけんな、こら」

真昌は立ち上がった。押さえつけようと後ろの男が肩を握る。

とっさに右の裏拳を放った。拳が男の顔面にめり込み後ろによろめく。男の仲間が背中に手を回し、抱き留めた。

「何すんだ、こら！」

左横にいた男が肩をつかんだ。

真昌は城間を睨んだまま、左肘を振った。男の鼻がひしゃげ、血を噴きだし、シートに座り込む。

一気に、車内が殺気立った。

「おとなしくしねえと、こいつ殺すぞ？」

城間が言う。

真昌は城間を見返した。

「誰がだよ？」

「俺がだ」

「そうかい。なら、この場でおまえをぶちのめしゃ終わりだな」

真昌はいきなり城間にかかっていった。

右正拳を突き出す。

城間が顔の前にガードを立てた。ゴッと骨を打つ音が響いた。

周りの男たちは蒼ざめた。

「おもしれえな、おまえ」

ガードの隙間から真昌を見据える。

「俺はおもしろくねえよ」

真昌は突きと蹴りを繰り出した。

周りを固めていた男たちは、城間を攻め続ける真昌におののき、少しずつ後退して遠巻きに見つめた。

真昌は休まず、攻撃を繰り出した。

手も足も止められない。息をついた瞬間、城間にやられるのはわかっていた。

打ち込んでもびくともしないガード、鍛えられたであろう硬い腕や脚や体、全身から放たれる殺気。どれ一つを取っても、師範たちと変わらないほどの強さ、いや、それ以上かもしれない。

怖くてたまらない。

しかし、ここで退いてはいけないと感じていた。

弱気を見せた途端、飲み込まれる。

このままモノレールが走れば、県庁前に出る。騒ぎを知った人が県警に通報していれば、警察官が待機しているかもしれない。

警察官がいなくても、そこで逃げ出せば、城間たちも追って来られなくなる。

わずか五分の道程。しのぎきり、活路を見いだそうとしていた。

息が上がる。それでも、腕と足を振り回す。道場でサーキットトレーニングをしているようだ。が、緊迫感と恐怖感を抱きながらの激しい格闘は、トレーニングの何倍も体力を消耗する。

ちばれ、真昌！

自分を鼓舞し、ラッシュをかける。

城間に集中していた。集中しすぎていた。

背後から近づいてくる男に気づかなかった。

突然、背中を蹴られた。つんのめり、倒れないよう右脚を踏ん張った。

反射的に動きを止め、後方に顔を向けた。

凄まじい殺気が迫ってきた。

しまった！

城間に顔を向ける。眼前に大砲のような拳が迫っていた。

ガードする間もなかった。

頭部に城間の拳が炸裂した。首の骨が潰れ、眼球が飛び出したかと思うほどの衝撃が真昌の全身を貫いた。

脳みそがぐわんぐわんと揺れた。目に映る風景がジェットコースターに乗っているように回る。

二分ももたなかったのか……。

頭の片隅でつぶやいた。

真昌は顔から床に叩きつけられた。鼻梁と前歯が折れ、床に血が四散する。

痛みは感じない。

その時すでに、真昌の意識は途切れていた。

モノレールが速度を落とし始めた。

「運び出せ。連れていくぞ」

城間が命令する。

モノレールが停まり、ドアが開いた。城間は先に降りた。

男が二人、真昌の両脇に肩を通し、引きずる。前後も男が囲み、酔っぱらいを運ぶように装って車外へ出た。

改札を潜った真昌は、旭橋《あさひばし》駅前で待っていた男たちの車に乗せられ、消えた。

6

那覇空港に近いホテルの一室にいた木庭の下に、すらっとした男が訪ねてきた。

木庭は男を部屋に入れた。

「ご苦労」

ソファーに座って脚を組む。

男は木庭の部下の馬淵真一《まぶちしんいち》という者だ。沖縄へ送り込んだ木庭の仲間を統率している。

馬淵は木庭の前に立って、後ろ手を組んだ。

「島袋の家の襲撃は、失敗したようです」

「あれだけのダイナマイトを持っていったのにか？　どういうことだ」

「わかりませんが、相手の方が上手だったのだろうとしか。どうします？」

「まずいな……」

木庭は腕組みをし、眉間を寄せた。

実行犯に指名したのは、自分たちの仲間ではない。木庭から馬淵に話を流し、そこから地元に精通している者を通じて、わずかな金で暴行や殺人を請け負う連中を雇った。

本来であれば、直属の部下に任せるところだが、馬淵から城間グループの形勢は不利と聞かされていたので、慎重な策を講じた。

結果、湯沢を含めた事情を知る者たちを取り逃がしてしまった。

「実行した連中は？」

「捕まったそうです。楢山がいましたから、警察に持っていかれるのも時間の問題かと」

「殺れないか……」

腕と脚を解いて、両手を太腿に置いた。

「送り込んだうちの連中を、明日中に東京に引き上げさせろ」

「捨てるんですか？」

「仕方ない。爆破に加担したとなれば、警察も本腰を入れて、こっちを探りに来るだろう。そいつは面倒だ。小さな島だ。狙える機会はまたある」

「そうですね。伊佐はどうします？」

「そっちは任せておけ。東京の事務所で会おう」

「承知しました」

馬淵は直立して一礼し、部屋を出た。

「やっぱ、田舎のヤクザは使えねえな」

木庭は立ち上がって、クローゼットを開いた。脇に置いた鞄の中に手を入れる。

そしてゆっくりとオートマチック拳銃を取り出した。

7

城間は南部総合病院近くの公園に、仲間を引き連れて出向いていた。

県が公費で造った広いだけの公園だ。たいした遊具やレクリエーション施設はなく、昼間でもあまり人がいない。夜となると、猫一匹いないのかと思うほど静まり返っている。公園の整備もおざなりにされ、遊歩道の街灯は切れているところも多く、場所によっては一寸先もわからないほど暗い。

壮大な税金の無駄遣いとなった広大な敷地は、いつからか、闇を好むはぐれ者のたまり場と化していた。

城間は西端にある広い場所に車を乗り入れていた。仲間の車も五台、並んでいる。

竜星を待っていた。

ボンネットに尻をかけ、腕組みをしている。

城間の足下には、ロープで縛られた真昌と浜川がいた。

浜川は完全に気を失い、地面に横たわっていた。呼吸が薄い。

真昌は気がつくと、縛られ、公園に運ばれていた。そして、車から出された後、城間の仲間から暴行を受けた。

城間は自分の顔と真昌の姿を並べて撮った写真に、午後十時までに指定場所に来ない場合は、真昌を殺す、という文章を添え、送信した。

真昌のスマートフォンから送っている。本物であることは一目でわかるだろう。

「おまえ、竜星を呼んだのか？」

「悪いか？」

城間は見下ろした。

「バカなことしたな。やられるぞ」

「誰に言ってんだ、こら」

城間が真昌の腹を蹴った。

真昌の体が浮き上がってくの字に折れた。

真昌は胃液と血の塊を吐き出した。

「ヤツの攻撃パターンは見切った。今度は好きにさせねえ」

「それは、竜星も同じだ」

呟き込みながら、声を絞り出す。

「あいつは天才だ。おまえみたいな才能の欠片もねえボクサー崩れに倒せる相手じゃねえよ」

「今、死ぬか?」

城間が気色ばむ。

スマートフォンが鳴った。城間はスマホの画面を見た。知らない番号からだった。

放っておこうかと思ったが、電話はしつこく鳴り続ける。

城間は電話をつないだ。

「誰だ、こら!」

――内間だ。巌さんからのメッセージを届けたい。

いきなり、巌の名が飛び出した。

内間という名前は知っている。剛から聞いたことがあるし、巌が懇意にしていたことも漏れ伝わっていた。

「泰ってのは、渡久地泰か？」

――泰もいる。今、どこだ？

――そうだ。

「おまえ、本物の内間か？　なぜ、俺の番号を知ってる？」

――おまえの店の人間に聞いた。ゴタゴタ言ってねえで、居場所を教えろ！

内間が電話口で怒鳴る。

高圧的な物言いにカチンときた。

「巌さんならともかく、下っ端に教える必要はねえよ」

――なんだと、こら！　泰、かわれ。

内間が電話を替わった。

――もしもし、城間さんですか。渡久地泰です。

細い声だった。本物かと疑う。が、声は伊佐にもらった動画のものと似ていた。

――伊佐さんに渡久地ブランドを復権させようとけしかけられたんだろ？

伊佐の名が出てきて、こめかみがひくりとする。

「本物か？　施設に火を点けたヤツが誰か知ってるか？」

——木内と湯沢。俺がいた更生施設の連中だよ。伊佐さんが、島に連れて行って、あんたらが暴行したんだろ？　見せられたよ、写真を。

すらすらと話す。伊佐が湯沢と木内を島へ送ったことは仲間内しか知らない。

「マジ、渡久地泰……さんですか」

つい、敬語になった。

——そうだ。にーにーからの伝言を預かってきた。会いたい。

「今じゃねえとダメですか？」

——すぐだ。でないと、にーにーからの伝言は話さない。にーにーにも、おまえが渡久地巌を無視したと伝える。

泰が言う。

「わかりました。今いるのは、南部総合病院近くの——」

場所を話しだした時、怒声が響いた。

「城間ーーーー！」

闇を引き裂くほどの迫力だった。車の外にいた男たちは竦み上がった。

——今のはなんだ！

泰が言う。

「すんません、泰さん。どうしても外せねえ用事ができたんで、失礼します」

闇の向こうを睨み、電話を切った。

スマホを投げ捨て、闇の先に目を向ける。車にいた者がヘッドライトを点けた。他の車もライトを点ける。

白い光の中に、竜星の姿が浮かび上がる。

竜星は眩しいはずのライトに瞬きもせず、城間の気配を見据えていた。その姿は鬼神そのものだ。

顔に巻いていた包帯を解いた。手を離すと、海からの風に包帯が流れて消えた。

真昌は城間を見上げた。

本気でブチギレた竜星に気圧され、顔が引きつっていた。

「やっぱ、バケモンだな……」

親友ながら、闇を薙ぎ払うような気迫に鳥肌が立つ。

「殺されるな、おまえ」

真昌が片笑みを覗かせる。

「ふざけんな!」

城間が真昌を蹴ろうと右脚を引いた。

その時、間近に圧が迫ってきた。振り上げた脚を止める。

竜星の姿がライトの明かりを抜けてきた。一瞬で間近に詰められていた。

何が飛んでくるのかわからず、ガードが中途半端になった。

立てた前腕の左外から、拳が飛んできた。弾こうとする。が、腕を動かす前に、拳は城間の左頰を抉った。

城間の頭がくらんだ。がっしりとした体が右側に傾く。

竜星は右の拳を振り抜いた。

城間がすごい勢いで横倒しになった。半回転し、地面にめり込む勢いで頭から落ちる。上がった脚が地面に落ちた。

一撃だった。

闇は静まり返った。

男たちは呆然とした。

竜星は真昌の下に駆け寄った。

「大丈夫か？」

いつもと変わらない優しい笑顔に戻り、真昌を拘束したロープを解く。

「おまえ、変わり過ぎだよ」

真昌は苦笑した。

「そうか？」

屈託ない笑顔を見せる。

真昌は呆れて笑みを返した。が、その笑みが固まる。

竜星の顔からスッと笑みが消えたのだ。

「立てるか？」

「ああ……」

真昌は立ち上がった。

「ここは任せて、逃げろ」

「どういう──」

訊こうと思った時、真昌と竜星が男たちに囲まれていることに気づいた。

竜星が真昌を連れて後ろに駆け出す。男たちが壁を作って、逃走を妨げた。

足を止めて振り返る。

地面にめり込んでいた城間が、むくりと上体を起こした。顔の泥を払い、ゆらりと立ち上がる。

男たちが竜星と真昌を円陣で囲んだ。

城間の口からは血がだらだらと流れていた。鼻梁も曲がり、血が流れている。しかし、目はギラギラと光っていた。

「すげえな、おまえ。対戦してきたプロボクサーの拳も、ここまでは利かなかったぞ」

体に付いた泥を払い、ゆっくりと顔を上げた。

「現役時代でも、ワンパンで沈んだことはねえ。ナメるなよ、プロを」

城間は頬のあたりに両拳を立て、脇をグッと絞った。大きい体が細くなった。が、城間をまとう怒りのオーラは倍以上に膨れ上がった。

「真昌、逃げろ」

竜星は城間を見据えたまま、言った。

「逃げねえ。一緒に戦う」

「真昌！」

「おまえには、親父とおばーを助けてもらった。俺まで助けてもらっちゃ、足向けて寝られなくなる」

「いいから！　試験が間近だろ！　事件を起こしたら、警官になれなくなるぞ」

「ダチの一人守れねえヤツに、警察官が務まるか！」

真昌が返した。

「悪いが、俺に城間は倒せねえ。おまえに任せる。他のヤツらは任せとけ。ジャマはさせねえ」

真昌は振り返り、竜星と背を合わせた。

「二人でこいつら、倒しちまおう」

そう言い、腕を上げ、拳を固めた。気迫が背中から伝わる。

「助けられないぞ」

竜星も軽く拳を握った。

「倒されそうになったら、俺が助けてやる」

真昌は言うと、地を蹴った。

「逃げるぞ！」

男たちの壁が動いた。真昌を囲もうとする。

真昌は途中まで走ると、急に足を止めた。そして、振り返りざま、気配に足刀蹴りを放つ。

伸ばした右足底が突っ込んできた者の腹部にめり込んだ。弾かれた男がくの字に折れて、後方に吹っ飛ぶ。

真昌は脚を上げたまま、男たちを睥睨した。男たちが怯んでいる様子がわかる。

自分でも驚いていた。

気配を感じただけだ。が、蹴りを出した時は、まるで動かない人形に蹴りを入れたような感覚だった。

スッと脚を戻す。右脚が地に着いた時、体の力が抜け、重心が前に乗っていることを感じられた。

痛めつけられて傷つき、体力も削られていた分、余計な力が抜けたようだ。いける。

気負いなく、感じた。敵の姿がよく見える。気がつけば、真昌は自然体で立っていた。

右側の男がかすかに動いた。

攻めてくるのがわかった。右の腕を大きく振っている。

真昌はスッと数センチ下がった。顔の前を拳がよぎった。男がバランスを崩し、前のめりになる。

目の端に映った男の頭をつかみ、右膝を振り上げた。

男の顔面に膝が食い込んだ。手を離すと、男は顔を撥ね上げ、仰向けに倒れた。その向こうから男が木刀を振り上げ、迫ってきている。

真昌は右回し蹴りを放った。すうっと繰り出した蹴りは男が木刀を振り下ろす前に、首筋に決まった。男は横に飛んで、倒れた。

「なんかいいな、今日は」

真昌が男たちを見やる。

男たちは気圧され、攻めあぐねた。

竜星は城間と向き合っていた。城間の両隣に、一人ずつ男がいる。

右側の男が一歩前に出ようとする。

「ジャマするな。おまえらは、あのガキを仕留めてこい」

真昌を目で指した。

一瞬、竜星から視線が逸れた。それを逃さず、竜星が間合いを詰めた。

右フックを放つ。

城間は上体を後ろに倒した。竜星のフックが空を切った。

竜星は回転する勢いで、右のハイキックを繰り出した。

城間の体が沈んだ。頭の上を竜星の脚が過ぎる。城間はバックステップで距離を取った。

くるっと回った竜星は城間の方を向いた。

城間が体勢を低くして、突っ込んできた。

速い。

ベタ足で亀のように動いていた城間ではなかった。

オーバーハンドのフックが飛んできた。竜星は前腕を上げた。そのまま懐に飛び込む。

二人の額がぶつかった。弾かれて、同時に下がる。二人とも額が割れ、血が流れ出た。

「ほんと、たいしたもんだよ、おまえ。下がってりゃ、一撃だった」

城間はにやりとして、流れてくる血を舐めた。

オーバーハンドのフックやストレートは、自分で思う以上に伸びてくる。十分の距離が取れている時は大きく下がれば避けられるが、中間距離にいる時に下がると、体重の乗った拳がクリーンヒットする。

間に合わないと思った時は、懐に入って、腕の振りを殺してしまうのが唯一の防御だった。

城間はストレートを放った。

竜星は少し前に踏み込み、前腕のガードにわざと当てた。パンチは腕が伸び切った時の先端で最大の力を発揮する。

腕が曲がっていれば、その威力を殺せる。

が、竜星はガードのまま後方に弾き飛ばされた。

パンチは殺した。しかし、城間の持っているそもそもの力のポテンシャルが高い。前腕の骨が軋み、しびれる。

城間は間髪を容れず攻めてきた。

直線的に進んでくるので、右か左に回ろうとするが、そのたびに強烈で速いフックを放たれ、中央に戻される。

竜星は圧され、後退した。防御するのが精いっぱいだった。

竜星の腰が、車のボンネットにぶつかった。足が止まる。

城間は一気に間を詰めた。上体を振り、左右のフックを振り回し始めた。

竜星は身を固めた。上半身が揺らぐ。肩や腕、頭に衝撃が絶え間なく続く。ガードしているとはいえ、連打で揺らされ、眩みそうになる。

逃げ場を探すが、左右どちらも塞がれ、車を背に動けなくなっていた。

城間の腕が8の字に舞い始めた。ドスドスと竜星の肉体に拳が当たる。竜星の体が大きく左右に揺らぎ始めた。

真昌は囲っていた男たち十人ほどを倒した。竜星が攻められているのを認める。

「竜星！」

助けに行こうとした。

そこに、二人の男が躍り出た。向かって左の男がハイキックを放った。体を沈めて避ける。と、右にいた男の爪先が真昌の顎を狙ってきた。

ヤバい！

真昌は顎を引いた。爪先が額に当たった。真昌は身を固めたままゴロゴロと後ろに転がった。

立ち上がる。二人の男は目前に迫っていた。右の男が左フックを、左の男が右ボディーフックを同時に放った。

真昌は左肘でボディーフックを、右前腕で顔面へのフックを防いだ。パンチは受け止めた。が、正面が開いた。

真昌の腹に、右側にいる男の前蹴りが飛んできた。腹筋に入れた力が抜けたところに踵が食い込む。

真昌は息を詰め、膝を崩した。よろけて腹を押さえ、前屈みになる。

左側の男が、右脚を真上に上げた。

誰かの声が聞こえた。

「真昌！　上だ！」

真昌はとっさに爪先で地面を押し、後転した。真昌のいた場所に踵が落ちる。男の踵が地面を抉った。

「竜星！　振り子を止めろ！」

また、声が聞こえた。

そうか、と竜星は気づいた。

城間の上体は右に左にと揺れている。この揺れを止めれば、パンチは打てなくなる。

パンチを受けながら、リズムを測る。そして、城間の体が右に傾いた瞬間、左肩に右フックを打ち込んだ。

重心が右にあった城間は、バランスを崩し、よろけた。それでも脚を踏ん張り、フックを放った。

速度も正確性も欠いたフックだった。強引に腕を振り回したせいで、左のガードが下がった。

竜星は体重を乗せた渾身の右フックを打ち下ろした。

城間の左頬に拳がめり込んだ。

城間の体が大きく傾き、放った右フックは竜星の頭の上に抜けた。

竜星は腰をひねり、拳を打ち抜いた。拳は顎まで打ち抜き、城間の首が九十度に折れ曲がった。

城間の右半身が地面に叩きつけられた。黒目が揺れ、閉じられなくなった口から血混じりの涎が流れ出る。

竜星は肩で息を継ぎながら、真昌の方を見やった。

楢山の姿があった。内間もいる。その横にはあまり見たくない泰の姿もあった。

楢山は真昌を襲っていた二人の男を殴りつけていた。一人は強烈な右拳を食らって吹っ飛び、もう一人は杖で鳩尾を突かれ、両膝を落として沈んだ。

座り込んだ真昌を支えたのは、泰だった。

四人で、竜星の方へ歩いてくる。

「竜星、大丈夫か?」

「なんとか……。楢さんこそ、どうしたんですか?」

白い包帯姿の楢山を心配そうに見つめる。

「バカが爆弾使ったもんでな。ちいと食らっちまった。たいしたことはねえ」

そう言って笑う。

「こいつか、城間ってのは」

足下に転がる城間を見つめる。

城間は泰を認め、言葉を絞り出した。

「渡久地……渡久地ブランドを……」

「城間さん、渡久地の名代として言います。二度と渡久地ブランドの復権など言い出さないでください。もし今後、そんなことを口にしたら――」

泰は真昌を抱えたまま、城間を見据えた。

「渡久地の名誉を懸けて、全力であんたを殺す」

冷たく言い放つ。

「そういうことだ、城間。泰の言葉は、巌さんの言葉でもある。もう、つまんねえ夢は語るんじゃねえぞ」

内間が言った。

「どういうことだよ」

真昌が言う。

「竜星、真昌、すまなかったな。全部、伊佐さんが仕組んだこととはいえ、またおまえらに迷惑かけちまった。許してくれ」

「なんか、調子狂うな」

真昌が苦笑いを浮かべる。

泰は微笑み、竜星を見やった。

「竜星、これまでいろいろとすまなかった。俺も巌にーにーみたいに変わるからさー。見といてくれよ」

「僕らのジャマをしなきゃ、それでいいよ」

竜星は微笑みを返した。

「病院は目の前だ。みんな、寄っていけ」

楢山が言う。

「楢山さん、自分ちじゃないんだから、それはねえですよ」

内間が笑う。

「しょっちゅう世話になってるから、自分ちみたいなもんだ。行くぞ」

楢山が歩き出す。

内間は竜星に駆け寄り、肩を貸した。

「病院が自分ちなんてのはうれしくねえよな」

「本当です」

竜星は内間に支えられ、真昌たちと共に公園を後にした。

8

木庭は伊佐が潜伏する店に赴いた。

ドアを開ける。マスターが木庭に目を向けた。

木庭はスッと銃口を向け、迷わず引き金を引いた。発砲音が轟く。

マスターの眉間に穴が開き、後頭部からしぶいた血が並べたボトルに降り注いだ。

崩れ落ちるマスターを横目に、奥の部屋へ進む。一番部屋を開いて、中で覚せい剤を打っていた者に二発の銃弾を撃ち込んだ。

二番部屋で素っ裸になり、変態プレイに興じている男女にも容赦なく銃弾を浴びせる。

三番部屋のドアの前に立つ。

ドアを蹴ってすぐ、壁に身を寄せた。

中から銃声が響いた。揺れるドアや通路の反対側の壁に弾丸が食い込む。銃声が止んだところで、木庭は部屋の中へ入った。

伊佐の右肩に銃弾を撃ち込む。

伊佐は被弾した肩を押さえ、ソファーに寄りかかった。

「な、何の真似だ……？」

声が震えている。

「さっき、城間もやられたそうです。計画は崩壊しました」

「そうか。なら、島を出ねえとな」

強ばった笑みを作り、立ち上がろうとする。

木庭は左肩も撃った。伊佐は悲鳴を上げた。

「何すんだ！」

「あんたが松山の利権をくれるってんで協力したまで。けど、このままじゃ、俺らも泥を被っちまう」

「もういっぺん、盛り返す。その時は十パーセント、二十パーセント……いや、折半でいい。また、力を貸してくれ！」

伊佐は懇願した。

「伊佐さん。この世界、一度しくじった者に二度目がないのはご存じでしょう。さようなら」

「待っ――」

木庭は言葉を待たず、連射した。

スライドが動き、薬莢《やっきょう》が飛び出す。耳をつんざく発砲音が狭い部屋に反響し、硝煙が部屋を曇らせる。

スライドが上がり、弾が尽きた。

伊佐の服には穴が開き、血がドクドクとあふれていた。サングラスは砕け、眼球が飛び出ている。口元は裂け、半分飛んでいた。

あまりに無様な死に様だった。

「この程度の連中しかいねえなら、沖縄は簡単に仕切れそうだな」

木庭は伊佐の屍を冷ややかに見つめ、店を後にした。

エピローグ

竜星と真昌は、南部総合病院の同じ部屋に入院していた。

二人とも、予想以上のダメージを受けていた。特に、城間とその仲間から激しい暴行を受け、その上でさらに竜星と一緒に戦った真昌は、ベッドに寝たきりの状態で年を越した。

「残念だったね、真昌」

二人の世話をしていた紗由美が言う。

「まあ、しょうがないですよ」

真昌は強がったが、顔の端に悔しさをにじませた。

益尾から、今回の試験は見合わせた方がいいとの連絡があった。

真昌は倒れても行くつもりだったが、十二月後半から東京では新型コロナウイルスの感染者が爆発的に増え、緊急事態宣言が発せられた。

遠方からの移動も制限された状況で、深い傷を負い、免疫力が落ちている真昌が上京するのはリスクが高いと判断した益尾が、真昌に見合わせるよう諭した。

外《ほか》でもない益尾に諭されたことで、真昌はギリギリまで悩み、今回の試験はあきらめることにした。

「でも、来年は受けますよ。みっちり勉強して、必ず合格します！」

気合いを覗かせる。

「竜星、俺の分までがんばってくれよな」

隣のベッドに寝ている竜星を見やる。

「僕も今年は受けないよ」

竜星が言った。

「あんた、何言ってんの？」

紗由美は驚いて、竜星を見つめた。

「ごめん、母さん。最後の追い込み時期にこんなことになっちゃったし。いい機会だから、もう一度、何のために進学するのか、自分が進みたい道は何なのか、じっくり考えてみたいんだ」

竜星が話す。その顔に気負いはない。

「そんなのさ、行ってみて考えればいいさー」

「金の無駄だよ。それに、少しバイトもしたい」

「竜星、進学のお金なら、そのくらいは——」

「母さん、違うんだよ」

竜星は紗由美を見やった。

「自分で稼いだ金を使うとなれば、もっと真剣に将来を考えられるだろ？　働くってのがどういうことか。自分は何をして生きていきたいのか。やっぱり、金が稼ぎたいのか。給料は二の次でも自分の信念みたいなものに従って生きたいのか。その信念みたいなものは何なのか。いろんなことを経験して、頭の中を整理したいんだ」

「本当にお金の心配じゃないの？」

「違うって。金の問題なら、奨学金を申請してる」

竜星ははっきりと言い切った。

「頭が良すぎるってのも、めんどくせーな」

真昌が笑う。

「なんだよ、それ」

竜星は上体を起こして、真昌を睨んだ。

「頭がいいヤツって、動く前にいろいろ考えるだろ？　けど、おまえは時々、城間をやった時みたいに、何も考えず、感情だけで動くことがある。そのギャップが何か、知りたいんじゃねえの？」

真昌が言った。

図星だった。

臨床技師や装具士のような仕事をしてみたいという思いは今も変わっていない。

竜星が見つめ直したいのは、自分の本能の部分だった。DNAともいうべきか。

城間と戦ったのは、安里真栄やおばー、真昌を守りたかったからだ。

しかし、真昌が城間にやられ、その写真を送ってこられた時、竜星の中で抑えがたい怒りが沸き上がり、制御できなくなった。

なぜ、こんなにも荒ぶる怒りが沸き上がるのか。若さゆえか。それとも別の何かがあるのか。

優等生を演じているつもりはないが、いつもどこか冷静なのは、自分の奥に潜む本性を抑え込んでいるからなのか。

高校を卒業する頃には晴れるだろうと思っていた疑問が、ますます深まってしまった。

そこで一度、クールダウンできる時間を取りたいと思った。

ぼんやりとしたものでいい。その先に見いだしたものが、自分が求めている本当の何かなのだろうと感じていた。

「まあでも、賢いヤツがしっかり考えてくれねえと、わからないこともいっぱいあるからな。おばさん、一年くらい好きにさせてやってもいいんじゃねえの？　竜星が残ってくれれば、俺も助かるし」

「なんで、あんたが助かるのよ」

「勉強、教えてもらえるさー。タダで」

にかっと笑う。

「あんたはもう」

紗由美もつられて微笑んだ。

「わかったわ。好きにしなさい」

竜星を見やり、目を細める。

「ありがとう」

竜星も笑みを返した。

ドアがノックされた。

「はい」

紗由美がドア口に行き、スライドドアを開ける。

「あら、比嘉さん」

「ご無沙汰してます」

会釈したのは、組織犯罪対策課の比嘉だった。

「二人はどうですか？」

「もうすっかり元気ですよ。あと数日で退院できるそうです」

「そうですか。よかった」

　比嘉は微笑んで、中へ入ってきた。

　二人のベッドを見つめる。

「二人とも、今回は災難だったな」

「ホントですよ。おかげで、警察官になるのが一年延びた」

「受かればの話だったがな」

　比嘉は笑いながら、二人のベッドの間に入り、パイプ椅子を取った。広げて、ベッドが両サイドに来るよう座る。

「楢山さんから、事件のことを話しておいてくれと頼まれたんでね。見舞いがてら、寄らせてもらった」

「楢さんの具合は？」

　紗由美が心配そうに訊く。見舞いに行きたいが、コロナで面会制限がかかっていて、会えない。

「細かな破片はまだ残っているようですが、次の手術ではほとんど除去されるだろうとのことです。傷以外はすこぶる元気ですよ」

「そう。よかった」

　目をつむり、深く微笑む。

「金武さんたちも回復して、傷がもっとも浅かった金武さんは、すでに県警の道場で稽古を始めてるよ」

比嘉は真昌を見た。

「先生はバケモンだな、やっぱり」

「だからよー」

比嘉は方言で〝そうだな〟と言い、笑った。

「城間はどうなったんですか？」

竜星が訊いた。

「城間グループは壊滅したよ。彼らが手に入れた店も、元のオーナーに戻された。城間は暴行、脅迫、殺人、同教唆《きょうさ》など、複数の罪で裁かれることになる。少なくとも二十年は出て来られないだろうな」

比嘉は話を続けた。

渡久地の名前を出して、城間に松山の利権を獲るよう煽っていたのは、元座間味組組員の伊佐だった。

伊佐は城間を操り、松山を手中に収めた後に、渡久地の名前を騙《かた》り、新組織を立ち上げるつもりだったという。

「――しかし、伊佐は遺体で発見された」

「城間が殺したんですか？」

「いや、誰の犯行かはわからない。捜査を継続中だ」

「城間や伊佐の他に、まだ事件に絡んでいる人がいたってこと？」

話を聞いていた紗由美が、疑問に思ったことを口にした。

「まだ、はっきりしたわけではないんですが、その可能性もあるとみて調べています」

比嘉が真顔で紗由美を見やる。

「でも、それも城間や伊佐との利権トラブルが原因と考えられますので、竜星や真昌、楢山さんや金武さんたちに再び危険が及ぶことはないと思います」

「そう願いたいわ」

紗由美は大きく息をついた。

「そういえば、泰がなんであの場所にいたんだ？」

真昌が思い出したように言う。

「渡久地泰は、巌と面会し、渡久地の名前を使って暴れている城間を止めるよう、頼まれたそうだ。実際に戦ったのは君たちだが、泰が最後に城間に渡した引導は相当利いていてね。城間はすっかりおとなしくなった」

「よく戻ってきたよなあ。しかも、俺と竜星に詫びたよな」

真昌が竜星を見やる。

「泰はこのまま島に残るんですか?」

竜星が訊いた。

「いや、福岡へ戻ったよ。彼が世話になった飯嶋さんという社会福祉士に強い感銘を受けたようでね。飯嶋さんの回復を待って、飯嶋さんの下で働き、社会福祉士を目指すそうだ」

「泰が社会福祉士ねえ」

真昌がしっくりこない様子で顔をしかめる。

竜星も真昌と同じ思いだった。一方で、あの泰が自分の進むべき道を見つけたのかと思うと、いまだ迷いの中にある自分が置いて行かれたような気持ちにもなった。

比嘉はうつむく竜星に気づいて、言葉をかけた。

「竜星も真昌も、これからたくさんの人に出会う。その中に、わが師と仰げる人が必ずいる。そういう人に出会った時は、心の声に素直に従うことだ」

竜星を見つめた。

竜星は迷いを見透かされた気がして、バツが悪かった。だが、比嘉の言葉は一つの指針をくれたような気もした。

「比嘉さんにも、そういう人はいるんですか?」

真昌が訊く。

「楢山さんだ。警察官としてだけでなく、一人の人間として、多くのことを教わった。少々破天荒ではあるけど、学ぶべきものをたくさん持っている人だ」

　そう言い、紗由美を見やる。

　紗由美は深く微笑み、うなずいた。

「俺は益尾さんだな。あの人のようにカッコよくなりてえ」

「おまえは木乃花《このは》ちゃんに会いたいだけじゃないのか？」

　竜星がからかう。

「そうなの？」

　紗由美がまじまじと真昌を見た。

「違うよ！　くるさりんどー、竜星！」

　真昌は真っ赤になり、竜星を睨んだ。

　竜星は笑いながら、そういう人に早く出会いたいと、心の底から願った。


（続く）

本作品は、webサイト「BOC」に二〇二〇年八月から二〇二一年一月まで連載された「もぐら新章3」を加筆、修正のうえ、改題した文庫オリジナルです。

また、この物語はフィクションであり、実在の人物・団体とは一切関係がありません。

中公文庫

もぐら新章《しんしょう》

青《せい》　嵐《らん》

2021年4月25日　初版発行

著　者　矢《や》月《づき》 秀《しゅう》作《さく》

発行者　松 田 陽 三

発行所　中央公論新社

〒100-8152　東京都千代田区大手町1-7-1

電話　販売 03-5299-1730　編集 03-5299-1890

URL http://www.chuko.co.jp/

ＤＴＰ　平面惑星

印　刷　大日本印刷

製　本　大日本印刷

Published by CHUOKORON-SHINSHA, INC.

Printed in Japan　ISBN978-4-12-207051-6 C1193